医王に生えた男の物語

割れた真理の鏡

岸澤良一

医王に生えた男の物語　「割れた真理の鏡」

序

一人風呂に浸かってゆったりしていた時、ふと心によぎる、あと何回この様に風呂に入ることが出来るのだろうとぼんやり数えたことがあった。誰もがこんな気持ちになることがあるのだろうか。

この人何を話すのかとお思いになられる方もいらっしゃると思うので、その辺から述べたい。

趣旨、一人ひとりは、差別や分断、破壊や暴力的な行いを決して望まない性善説を信じたいが、現実世界ではその真逆なのではないだろうか。

みんなが平和な世の中で安心して人生を送れたらいいなぁ。この本に記したことは、そんな思いで過ごした時々のダイジェストになる。

人類のみが過去の歩みを知り、歴史として認識できる。しかし人類がいかに進化しようが一秒たりとも前に遡ることはできない、今の判断が歴史の全てを決する。

歴史の修正はできないのだ。

目次

第一部　仙人

育った地

医王山は休火山だ。噴火口に残る大沼にはトンビ岩が浮かぶ。そこから流れた水は三蛇ケ滝（さんじゃがだき）へと落ちる。滝の奥は大きな洞穴となり修行の場となった。泰澄大師が開山した修験道の山。群生する薬草の山には薬師如来が祭られる。その薬草を献上して時の天皇の大病を快癒に導いた。神聖な霊山「医王」をふところに生えた男の物語。

私が産まれた時代は昭和二十年八月の終戦から二年たった二十二年の混乱期であった。ベビーブームの走り、戦後復興を担う人材が爆発的に増加した時期でもあった。茅葺屋根の家が、かいによう（屋敷林）に囲まれて点在する才川七村（現在富山県南砺市才川七）一五番地が住所である。

才川七の由来は江戸時代初期に古館村、吉下村、才川村、太谷村、長沢村、釈迦堂村、石坂村の七村が集まってできたと記録にある。

江戸時代中頃（寛政四年一七九二年）の記録では百姓百九戸人口六百四十八人とある。明治に入り当初石川県であったが富山県となり近隣の九村と合併し西太美村が誕生した。

西太美の戸数三九七戸、人口二二七九人とある。その中で才川七村は田畑が一〇〇町歩、戸数百六十戸位で人口千人余りが暮らす山間の小さな散居村の風情を保っている。太美郵便局や雑貨屋の「おっきゃさ」や床屋、魚屋、呉服屋もあった。西太美小学校、太美診療所もあり、戦後まもなく太美中学校も開設され、やがて砂利道の県道

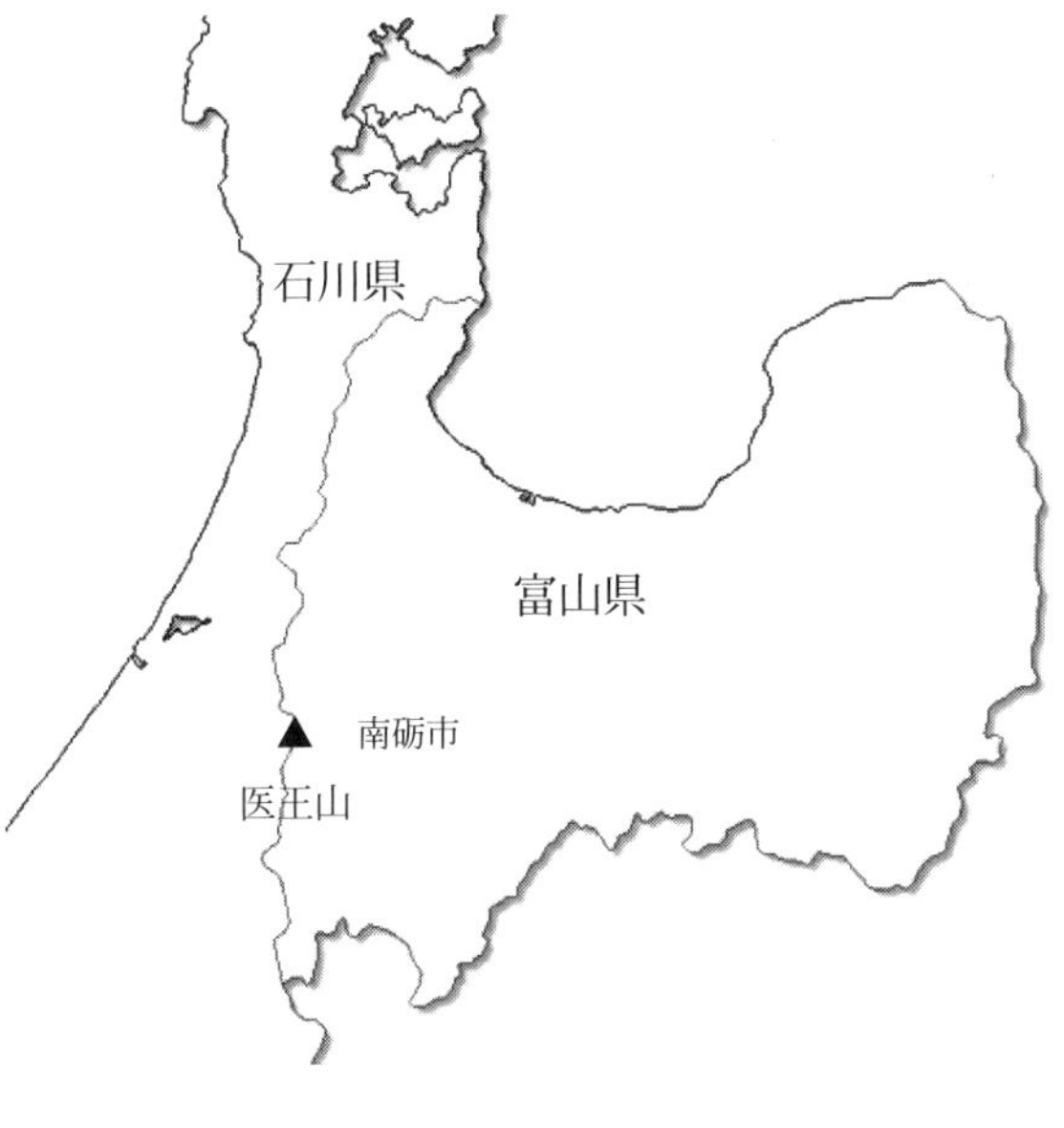

を国鉄バスが運行し始めた。当初は木炭自動車であったが直に石油で走るボンネットバスになった。近くにある長沢バス停を通過したバスのマフラーから噴き出る白い排煙の匂いを追い駆けた自分が懐かしい。

土建業の長谷川組が家の前にあり村人の働き口であった。雑貨屋の「おっきゃさ」には駄菓子も置いてあり、お小遣いを貰った時にはそれを握りしめてそこへ走った。多分五円玉がお小遣いの額。一円で四枚買える正方形の柿山を注文すると、店番の小太りおばあちゃんが唾を付けた人差し指で一枚ずつ新聞紙の小さな袋に入れてくれたことが懐かしい。

村の多くの家は農業で生計を建てるには単位面積は十分でなかった。林業や出稼ぎが多かったように聞く。我が家も自家消費をわずかに上回る程度で、親父は郵便局に職を得ていた。

家の東側下段には石川県境にある大門山（一五七二メートル）を源流とする一級河川の小矢部川が流れ（子供の頃は近所の仲間と川遊びや魚取り

をよくした）砺波平野の扇状地へ広がる首根っこにあたる地域で、近隣からは先土器時代から縄文早期にかけての遺跡が点在する。西側すぐ後ろには石川県を県境とする九三九メートルの医王山が迫る。医王と表すように植生に富んだ山である。ススタケ、ぜんまい、ウド、よしな等の山菜類、しめじやマツタケのコケ類も豊富である。山葡萄やアケビもよく採りに行った。

山の主であった私のじいちゃんは亡くなる数年前の秋に「坊、山へ行くぞ」と医王山中のキノコ宝庫へ伴ってくれ

小矢部川対岸から望む医王山
撮影 2024 年 4 月

た。決して他人を伴わなかったそこは、しめじ類やサマツ（マツタケの一種）の群生地であった。今はアローザスキー場となり、行くこともなくなった。

小矢部川にそそぐ支流の渓流には岩魚が泳ぎ絶好の釣り場でもある。山麓には炭焼き窯があちこちに残り、炭俵を背負って歩いた細い山道は今も降り落ちた炭の粉で黒い筋となっている。

修行の山として多くの修験者が籠り、山麓には医王山麓寺院がいくつも点在していたと伝えられている。奈良時代泰澄大師の影響で開かれた寺院も室町時代には蓮如上人に帰依し浄土真宗寺となった。

戦国時代の一時期には一向一揆で時の領主を追い出し五〇年余りの真宗自治区を築いたが、豊臣秀吉の北陸制圧で加賀前田藩の所領となった。

家の菩提寺もその流れを汲む松寺永福寺である。（江戸時代に前田藩から越中東方三百ヶ寺の触頭を命ぜられる。その後の政策で高岡へ、そして富山市に移るが幾度かの大火に遭い多くの文献は焼失した）

本家はお寺の門前にあり、十五代遡る家系図に歴史を見る。なんでも槍や兜の武具が隠してあるとか、どうも落ち武者のものらしい。檀家の多くは地元にある宗善寺に門徒替えをしたが、岸澤系、長谷川（泉野）系、道海系などの檀家十家族余りは永福寺の門徒として残った。

明治に入り本家の七人兄弟の次男として生まれた私のじいじは出村家に婿入りして新たに岸澤を名乗った。本家は岸澤と書いて「ガンザワ」と名乗っていたので親戚一同ガンザワである。

当時の戸籍にはフリガナが振ってないので読みがなの記録はないが、近年になり戸籍がデジタル化された時ぐらいから戸籍のフリガナに「キシザワ」と明記されていた。それ以来みんなはキシザワと名乗るようになった。私のニックネームも「ガンちゃん」から「キシさん」になった。昔の仲間はみんな「ガンちゃん」と呼ぶ。このような歴史と自然環境に包まれて日々を重ねての今日だ。

喜寿を迎えた

どなたにも人生の始まりはある日突然訪れる。出自は選べませんが、母の胎内から産声を上げることは人類始まって以来変わらない現実だ。

そして万人が人生を歩み終焉を迎えることも自明の理だ。

人類はそんな人々が数千年（言語や文字による文明、文化の発祥を起源と考えれば七千年位、人類史を考えればさらに五千年遡り石器時代になる）の時間経過の中で築き上げてきた歴史であり、今日を生き明日へと繋いでいるのだ。

そこには星の数ほどの人たちが、それぞれの人生をその時々の思いを持って紡いできたことを重く受け止め、今いることに感謝しなければと強く思う。

七十七歳の喜寿を迎えた。

日数にすると母親の体内から這い出て二万八千百五日になる。

江戸時代の国学者、大国隆正の喜寿の詠草に「ななそぢに七つあまれる喜びは／あらたなる御世にあえるなりけり」とある
（ブリタニカ喜寿より）

二〇二四年春二月、今日の誕生日を子供や孫たちからＬＩＮＥで祝ってもらった。くしくも私の誕生日は令和の天皇とおなじ二月二十三日、日本国民の祝日である。

喜寿を迎え、長年心の中に秘めていた人生の集大成に真剣に立ち向かおうと決意を固め、千夜の記憶を辿りながら話を始めよう。

幼いころの記憶から

ひねくり回した用語の連続で、読み進むのを躊躇されてはたまらない。どうしてこうなるのでしょうか。三つ子の魂百までと申しますが、幼いころの生き様を面白く語らせて欲しい。

アルバムに多分、上田の写真屋で写したと思われる、生後6か月の私の写真が残っていた。横分け頭、薄い眉毛にまん丸目玉、きっと締まった口元がなんと凛々しい姿、短い素足を延ばしでんと座っている。その横の写真には、白の前掛けをした甘え顔の子供姿で、親父のしゃがんだ両足に寄りかかって写っている。親父にとっては初めての男の子である。

少し親父の話をしよう。

親父は、独立混成第二十五連隊家村部隊の本部付き通信上等兵として、激戦北ボルネオで終戦を迎えた。部隊全員の半数を超える、千二百二十二名が戦死した中、生き残った兵隊は、半年の収容所生活を送った後、祖国の地を踏んだと言っていた。親父は、敗戦近くのジャングルでの状況はほとんど話さなかったが、その後、家村部隊の生き残りが綴った「子孫の為に・鎮魂」記から知ることが出来た。さまようジャングルの道端には死体が転がり、無数のハエとウジが肉体を覆っているとか、真っ暗な夜、危険を避けるため木の上に造られた小屋に入って寝ようとすると、柔らかい何かの上であった。明るくなってみると、柔らかいそのものは死体であった。行軍中食べ物はなく、カエルや蛇は大のごちそうである。水たまりに手りゅう弾を投げ入れて獲物を採ることもあった。体力の落ちた体に襲う蚊などから、マラリアにかかる戦友は数知れず。戦地で亡くならなくても、帰国してからも後遺症に悩まされた方もあるという。敵の銃弾より、飢えと病でも多くの戦友が亡くなったという。

これらの話は幼年期であっても衝撃である。田舎に復員した父は、暫くして私の母と結婚した。そして生まれた初めての子供が男子ときた。家は二代続いての養子とり。絵にかいたような可愛がり方が想像できるものだ。

城端善徳寺の太子伝会に、じいちゃんは毎年、幼い私を肩車して見晴らしの良い陸軍立野原演習場跡を通って連れて行ってくれた。後で聞いた話だが、ある年、肩車していた、じいちゃんの首筋に生暖かいものが流れ出てきたと笑話で語ってくれた。首におしっこを漏らされても、笑顔のじいちゃん。

親父は郵便局に勤めていたので夏になると千里浜にあったと思うが、簡保の宿に泊りがけで連れて行ってくれた。一人浜辺で遊んでいて波にさらわれ、溺れかかった記憶が強烈だ。足が立たずたっぷり海水を飲んだが、見つけた父親に助けられた。それでも毎年夏の楽しみになっていた。甘い氷水や、水に冷やしたスイカを腹いっぱい味わう至極の満足感が、まだまだ物不足の世情下、子供にとっては極楽の世界。

当時まだ茅葺だった家の玄関横部屋の一角にちょっとピンクがかった大きめの三つの引き出しが付いた座り机がでんとあった。親父が仕事でよく使っており、大切なものがしまってあったのだろう。でも幼い僕はそれが興味深々、ある時どこかの引き出しを開くと万年筆があった。そばにあった紙に、キャップを外し、筆圧も不案内に線を引き始めると、青いインク跡が幼い僕の目には魔法の軌跡に思えた。その夜仕事から帰ってきた親父は、大事な万年筆のペン先の異常に気付き、こちらを睨んだように感じたが、なぜか怒られはしなかった。


母親は厳しかった、というのも理由がある。

とにかく外では、ヤンチャ坊主・ガキ大将で知られ、よく似た子供を持つ親たちから小言を聞かされていたみたいだ。ある時なんかは、夕方暗くなって帰ってくると、突然母から強い叱責の声とともに追っかけられ、裸足で外に飛び出し、しばらく家の中に入ることができなかった。なんでそうなったかは記憶にない。また、そのころじいちゃんは冬の農閑期仕事で縄縫いと筵織仕事で忙しそうにしていた。そんな冬のある日、じいちゃんの大事な作業機械をいじくりまわして遊んでいたら突然じいちゃんにすごく叱られた。(当時の家の屋根裏は結構広く、納屋代わりに使っていた。そこに登るための梯子が立てかけてあった)。相当の悪さをしたらしく、げんこつだけで済まされず、立掛けてあった梯子に吊るされた記憶が微かにある。

保育園、当時託児所といったが、そこでのヤンチヤぶりはピカ一だったそうだ。託児所は村立小学校の講堂である。演劇もできる大きな舞台が正面にあった。終戦まで舞台正面の高いところに、昭和天皇皇后両陛下の写真が飾ってあった。時の村の指導者は、敗戦で進駐軍が来ると怯え、即座にどこかにしまったと噂になっていた。平和になってそこは巡回の芝居や、村の青年が演じる芝居で、時折大賑わいのホールと化した。懐かしく覚えているのは、ナトコ映写会である、「水島、水島、一緒に日本へ帰ろう」と戦友が呼びかける場面、その「ビルマの竪琴」を見た帰り道は怖くて細い一本道をどう走ったことか。

そんな小心な一面を持つ男の子であったが、託児所生活では、悪ガキの見本である。たまにだと思うが、壁に一列に掛けてある子供達の楽しみな昼弁当から、つまみ食いが発生していた。運悪く、その現場が見つかってしまい、子供たちの面倒を見ている婦人会の若いお母さんたちから、ネジしかられる羽目になった。犯人の一人がこのガキ大将であったことはお母さんたちにはお見通しであった。またある日、小学校の校庭に潜んでいた青大将を見つけ、その尻尾をもって振り回し、面倒を見てくれているお母さんや、小学校の先生にまで見せびらかす悪ガキであったという。

小学校の入学式で、わたしの母はこっぴどく恥をかいたそうだ。同じ組になる女の子を持つ母親から、「うちの子だけには悪さをしないように、きつく言い聞かせてくださいね」これには降参した、その子には義務教育終了まで一切悪さはしていない。しかし男の子に対しては闘争心丸出しである。同級生五十四人のうち男が二十一人いたが、喧嘩相手の子は十人を下らない。

苦い思い出がある、散髪屋の次男が同級生にいたが、けんか相手にとって不足はなく、結構辛辣な取っ組み合いをやっていたらしい。

ある日、授業が始まっても彼は席に姿を見せない、少し前の取っ組み合いが原因ではないかと、ふだんサボると隠れるグランド向かいのお宮さん境内床下へそっと近づいた。案の定彼は涙顔で頷いていたが、手元を見てビックリした､彼の手に藁縄が握られていたのである。ここで死んでやる、とか言ったように思うが、何とか話し合って一件は事なきを得た。それ以来彼とは親友になった。彼は中学校卒業後に、大阪で寿司屋の店員になっていたが、同級会で会えば、肩をたたきあう仲が続いている。

小学校に入学して夏休に入るころだったと思うが、担任の石野先生から、お手伝いで脚立を倒れないように支えてくれるよう依頼されたことがあった。脚立を両手で支え、ちょっと上を見上げたら、スカートだったので慌てて目を背けた。そのお手伝いが終わって、石野先生は一言「素直になりなさいね」と優しく諭された言葉は重い。

少し高学年になった頃、二階にあった図書室通いが日課になっていた。薄桃色のギリシャ神話に始まる全集物が私を虜にした。そこから始まって片っ端から読みたくなった。江戸川乱歩の探偵物語、バルチック艦隊炎上の図や乃木大将の二百三高地戦争が載った、明治維新から日清・日露戦争へと続くきれいな挿絵が載った大きめの歴史本を眺めるのも、奇妙に本への執着を高めた。とにかく図書室の本は、新しい世界を作ってくれた。

卒業までしっかりと素晴らしい本に憑りつかれた。ヤンチャな自分が素直になり、本の虜になった幼年後期であった。

幼いころの思い出に浸っているが、図書室で過ごした時間は私の、「三つ子の魂」を完成に導いてくれたのだろう。記憶に残るギリシャ神話、ホメーロ

スが語る英雄物語、ヘーシオドスが書いた神々の物語。カオスから生まれたガイアは天空の神ウラノス・奈落の神タルタノス・愛の神エロスなどの神々を創りだす世の始まり。そして世を支配するゼウスの誕生、しかし親子の戦いなど、人間世界にも劣らぬ壮絶な闘いは英雄を生み出す。

日本の神話にも引き込まれた。ヤマタノオロチ、イナバの白兎・海彦、山彦・物語としては面白いが、天空に立ったイザナギとイザナミが混沌とした地上に矛の先から落ちるしずくで日本国を作り上げる挿絵が忘れられない。構成はギリシャ神話と共通に、戦いの英雄と神々による民衆支配はよく似ていると思う。「天上天下唯我独尊」と、天上と地上を指して唱え生まれたお釈迦様の物語も興味深かった。とにかく小学校の図書室は知識の宝庫であった。

友と語ったこと

村はずれの山肌が少し平地になった杉林を切り開いた三千坪ほどの台地に戦後村人総出で建てた二階建ての中学校があった。我が家の側を通る幅三メートルほどのデコボコ砂利道を遠くは十キロメートル以上歩いて通う生徒を含め、百二十人ばかりの学び舎である。わたしは家の横の道を二百メートルほどの急な坂道を登れば校舎前のグランドに着く。

一五歳ごろだったと思う。成り行きは良く覚えていないが、それでも彼の家でお釈迦様の本を読んだ記憶はある。その家の男の子とはおなじクラスであった。放課後グランド脇の急な坂道を降りた三叉路で彼から「釈伏」された記憶がある。戸田城聖先生とか牧口常次郎先生、池田大作会長の名前が出てくる。

「南無妙法蓮華経」とお題目を唱え、皆が集まって教学の研鑽や信仰の体験を語り合うことでみんなが幸せになれる「真理」の教えであると、真剣な語りが続く、世界平和のための布教もしている。話が佳境に入り、わたしは思いを尋ねた。

「世界にはいろんな宗教がありますね、みんなわたしこそ「真理」を解いていると。」でもなぜそんな宗教間での争いが歴史の中でも現在も起こっているのだろう。「割れた真理の鏡」の諺を聞いたことがある。「真理」を映す鏡が「真理」を求める人々が争って求めるうちに割れてしまい、その破片を拾った人々は破片に写った「我」をみて「我こそ真理」といってまたまた争いが続く・・・・。

お月様が出るまで話し合っていた。話す機会が少なくなりましたが今も大の友人だ。

文通友達

中学生になり月刊誌を読むようになった。そんな雑誌に「文通友達を作りませんか」欄が毎号出ていた。文章を書く練習にもなると思いこの欄に投稿してペンパルとの出会いが始まった。その人は同学年で岡山県総社市在住の女学生である。文通といってもつたない私の詩を送ることだった。何年かたって一区切りと思い一冊の詩集にしてもらった。今も大切に手元にある。

「ふたり」
無限の宇宙が
因果の法でなるのなら
ちっぽけな　ちっぽけな二人が

ある日偶然会うなんて
ヤッパリなにかの因果でしょうか
そんな二人が
いつか言葉を交わすのも
心の真を交わすのも
やっぱりなにかの因果でしょうか

「夢想」

おお　なんとすばらしい愛の業
会う二人には　言葉は無い
烈しく抱寄り
かたくなに寄せる唇は震え
恥じらいに閉じた目からは　一筋の涙が

離れまじと　強く　強く・・・
指は肉にくいいり
息を殺し　高まる鼓動を抑え
ひたすら　互いの真を確かめんと・・・
いつか恥じらいの中目は開かれ
見つめ合う二人には
　　微笑が浮かぶ
ああなんと美しい姿、　姿
真を確かめた二人は
この上ない幸福者
なんとすばらしきかな　愛の業

「広島原爆ドームを訪れて」

一人の命を奪えば殺人者
一瞬にして十二万もの人の命を奪った者は
何なのか

何も知らない人、人、人を
嬰児　若者　男人　女人
まだ　その一人一人が　一日二十四時間
食べ　飲み　眠り　働き　遊び
家族の営み　次代の子をつくり
無限の可能性を含んだ十二万の命を
何様のつもりで奪ったのか
続いて長崎では七万余の命を
何様のつもりで奪ったのか
一度ならず　二度までも

弁論大会

これは高校二年生の時、当時通っていた高校の弁論大会で全校生徒の前で話した原稿だ。

「指針」

皆さん、いわゆる現代に生きる我々は一体何をしたらいいんでしょうか。
どうすればよいのでしょうか、考えました。
僕は考えました。
なにかが　かすかに見えたような気がします。
私の手の中で愚かな人間どもが
はかなきこの世にくだらぬ欲のため

騒ぎ争い
おなじ人間に差別までつけ
おびえ苦しみ悲しみにのた打ち回り
そして一生を終わる
ああなんと
私が与えたあの尊い理性と知恵も
私の愛する夫が与えた本能の前には微塵と砕けはててし
まったのか
私の心は悲しみに今にも砕けそうになり
思わずお前が這い回る私のこの手を硬く握りそうになる
人間たちよ目覚めてくれ
さもなくば汝の破滅のみだ。

さて誰でもはじめは、まだ社会に出る前までは理想に満ち、清いことを考えそれを行おうとしている。僕らもそうだ。そして今の社会を批判する、不潔だと。池田さん（総理大臣）も僕らの頃はそうだったろう。ところがどうだろう。実際に社会に出た時、そのとき、果たしてその清い、尊い理想はどこへ行ってしまったのか。自らがその貪欲な不潔な社会組織の一つを担ぐ要員になってしまうではないか。今まで生まれてきた人たちは総てそうだった。なぜだろう。なぜ社会に出たらその理想が通じないのだろうか。かつては、すべての人が今、ただ今いわゆる醜いことをしているその人たちも持っていた尊い清い理想。

ところで人はあるとき偶然の産物として生まれてきた。人は生まれ、「時」を持つ。人はその間いろんなことをする。

喜怒哀楽いろんなことがある、やがてそれが終わりを告げるとき、その人は死に到る。有る「時」、それは人間の所謂「人生」として言われるものである。その間の生き方、人により様々であろう。でも、でも人間の究極の人生への生き方、いわんや人間は何のために生きるのか、となると戸惑う。多くの人はそうだろう、ただ単に偶然により与えられしその「時」、「人生」をなるがまま、気の赴くまま、世の定めるがままに送っているのだよ、と、そんな人は多い。しかし所謂今を生きるもの、まだ人生の時たるを持たざるもの、みすみす時を漫然と生きることは無かろう。いわんやこれから生きるわれらには言うまでもなく何かがあるはずだ。かくて私は皆様に申し上げます。然るにこうです。「偶然に生まれ出でた人間たちよ、そなたのもちたる純なる理念を偽ることなかれ、そなた自己の思うこと、考えることと広く世界に知らせるべき、伝える事をせよ。又それを生まれさすがため、考えることをせよ。それにより行動し人生を送ること、これ人間たるもの何のために生きるかを知る唯一の道なり」

今一つ、最後に注意せねばならないことは、「生活」というものについて、優れた先達の言葉によって教えられねばならないのは言うまでもないことでありますが、しかしなんといっても「生活」は最深の人間の知恵よりももっと深くもっと豊かであることを忘れてはならぬということである。人生の先達たちの素晴らしい言葉を手掛かりとして皆さんは自分の体験に即して、「改めて自分で考える」という労を惜しんではならぬということであります。他から学ぶ謙虚さと、自分の「生活」と「考えること」を大切に思う心、この二つを兼ね持つことが肝心なのであります。

十七歳の自分が同年代の何百人もの前で、よくも語ったと気恥ずかしい思いである。担当の先生には事前に原稿の修正依頼済みで、しかもその原稿は、書き古したノート裏に毛筆で書いたものだった。今もファイルの中にある。

今読んで気になったところが結びの項だ。

「しかし、なんと言っても生活は最深の人間の知恵よりももっと深く、もっと豊かであることを忘れてならぬ」

ここに出てきた「生活」という言葉の重さは残された原稿から、慎重に追項されたと思われる。この言葉がいかに重要な意味を持つのか一緒に考えたいと思う。

新しい仲間　はにたな

私の呪縛は「はにたな」から始まった。

それは昭和三十四年、私が中学一年の時に、地元の青年達の文芸集「はにたな」に投稿した一文である。「はにたな」って初めて聞く単語でしょう。でも私にとっては自身の人間形成に大きな影響を与えた言葉です。「はにたな」には奥深い意味が込められており、それが私の人生の指針となって呪縛してきた。

「はにたな」の由来がまた面白い。集まった青年たちの頭文字をとって名付けられた。長谷川の「は」、西川の「に」、高田の「た」、中村の「な」、これを綴って「はにたな」となる。

彼らは、杉林に囲まれた山裾に村民の手で建設された中学校、その歴代卒業生のなかでも秀才同期と呼ばれた先輩たちだ。

「いつも反省し、忍耐強く、真理を、探求する、仲間」

この意味深長な言葉にある「反省」、「忍耐」、「探求」、「仲間」の頭の一文字は「長谷川」、「西川」、「高田」、「中村」の頭の一文字になる。

経過はよくわからないが、当時第一次の市町村合併が進み、わが村も近隣の地区と合併した。さらに村立の小中学校も合併の憂き目に晒される。時あたかも世の中は「反安保、反ベトナム戦争運動」真っただ中、等々で進学組の彼らは純な青年の意気に燃え上がるのも必然だったと思う。

当の中学校で籠城することもあった。しかし、彼らも文学青年で、思いを語る文集の発行となることは必然で、言葉に飢えた自分もそこに琴線が触れ引き込まれてしまう。ましてや「真理」の言葉が入った「はにたな」に吸い込まれ、虜になってしまった。

何号もの文集制作に参加、つたない文章も人前に。当時はガリ版刷りが当たり前。鉄筆を使ってのガリ切は、ギリギリと心地よく一生懸命に原稿きりに励んだ。

謄写版にドロドロで真っ黒なインクをローラに擦り付けスクリーン上を転がす。スクリーンを持ち上げ、わら半紙一枚反対の手でめくる。その動作が続く。みんな楽しかった。

慣れ親しんだ学び舎の一室で、不法占拠かもしれないが、

日直の先生、事務員さんもさほど気にしていない。

そのうち自分でもガリ切から謄写版まで一式買ってしまった。これが高校を経て就職してからも続いた。家の中をあちこち探したが思い出の文集は影を潜めている。

記憶にあるのは当時普及し始めたテレビを始め大衆紙などのマスコミに対するアンチテーゼが心の底にあったようだ。今もそうだがマスコミの具現者はどうも信用が置けないように思えたのだろう。

今も私を虜にしている、「いつも反省し忍耐強く真理を探求する仲間」

父の葬儀にも参れなかった友

私の通っていた山の中学は校長のいない分教場となった。

当時の富山県は七・三教育体制が推し進められていた。高校の普通科三割職業科七割の進学振り分けである。進学指導もよくわからないうちに進み、時は高度経済成長突入期、田舎の子はよき労働力に求められたかは知らぬが、全国模試でも結構上位を競っていた同学年の三人組で普通科に進学したのは父親が学校の先生だった近所の子が一人だけ。後は職業課程への進学と相成った。

就職組も多かった。自分が苦手だった英語が抜群に得意な気の合った同級生は同じ工業高校に進学した。彼は卒業後黒田化学に就職した後、自分でプラント・コンサル会社を立ち上げて海外にも飛び回っていた。そんな彼であったが独身を貫き、至って会社の椅子に座ったまま若くして大往生した。同年、就職組で独立して商売を始めた長谷川君と我が家を尋ねてくれて語り合ったのが最後となろうとは。

高校生活は十分に満足させてくれた。

何人かは大学進学を目指していた。自分もその一人だった。先生に相談すると普通科高校の補習もできるという。夏休みを利用して補講を受けることもできた。どんなきっかけかは覚えていないが、普通科に通う友達ができ、よく彼の家で将棋を指した。図書館へもよく通い彼の友人と三人で一緒に勉強をした。受験が始まり友人二人は難なく国立大合格と相成ったが、国立大二校を受験した自分はあっさり敗退してしまった。

東京消防庁や電電公社をすでに合格していたこともあり、家から通えるという事で電電公社に就職することにした。後から聞いた話だが、私立大学に行けば妹の高校進学にも親の心配があったらしい。ここにも「生活」が深くかかわっていることになる。

就職からしばらくして、彼の高校生時代の同級生から連絡があった。

富山大学へ進んだ彼が学生運動で支援活動を呼び掛けているというのである。早速カンパ活動を支援した。大学紛争真っただ中、彼は中核派の活動家になっていた。大学に行ってみた、立て看板で校内はびっしり、各部室は雑多で寝具も置いてある。大学前にある五福交番のガラス窓は頑丈な金属格子とネットで防御されている、まさに臨戦態勢に見えた。

彼は公安警察から見張られ、いつ逮捕されてもおかしくないと同志が話す。そんなある日私も教わったことのある彼の親父が亡くなり、葬儀が執り行われた。彼は親父の臨終にも葬儀にも立ち会うことが叶わなかった。

それから間もなくして大学後ろの路上で逮捕されたと聞いた。彼は留置場の人となった。

そんな経歴を持つ彼はその後出版社に席を置いていたが、幾年か過ぎて若くして亡くなった。催涙ガスを多く吸ったのと、たばこ、酒で体が侵されていたらしいとの風の噂が伝わってきた。

将棋の得意な友人は、金沢大学に進んだが、選んだ学部が意に合わないと別な大学を再受験したことまではわかっているが、一緒に遊んでいた彼の実家が引っ越し音信不通となっている。

向学心は続く

日本電信電話公社福野電報電話局が新しい職場である。

半年間の新入社員教育から始まった。北陸三県で採用された新入社員は部門ごとに金沢にある研修センターに集められて寝食を共にした厳しい研修で洗礼された。

でも若者、休みには香林坊、片町といった北陸随一の繁華街へと繰り出すこと頻繁。半年の研修が終わり現場に帰ってのサラリーマン生活が始まった。

そんな中やっぱり大学での勉強がしたい思いから中央大学の通信教育を申し込んだ。大学体験と東京の雰囲気を味わおうと夏季の一か月間、勤め先に特別休暇願を提出して中央大学の通信教育スクーリングに通った。

知人の大学生が夏休みで空いているという部屋が、中央本線飯田橋駅近くの神楽坂は中ほどにあるビルの三階にあり、そこを借りて下宿生活を始めた。

校舎がある中央大学後楽園キャンパスが近い。法学部だったが最初の年は教養科目が多く体育祭もあった。二年目以降からは専門科目も入り、憲法学に始まり民法や刑事訴訟法などの科目もあったように思う。

スクーリングの単位ほぼ完了したが、肝心なレポートによる単位取得にはなかなか手こずった。結局五年が過ぎ単位未修得のまま学費未納で除籍に至る。しかし東京でのスクーリング生活は充実していた。

一人、屋台で飲み二日酔いになった翌日痛い頭を抱えてタクシーで駆けつけたことや、山手線に乗りぼんやり何周もしたが料金は変らず乗り放題の思い出が懐かしい。駅周辺には日大などの建物も近くにあったが、夏休み期間でもあったのか期待していた学生運動の情景はあまり見かけなかった。

学園には立て看板は見られたが、街頭での激しいアジテーションやデモなどにも遭遇する機会がなかったように記憶する。ただ赤尾敏大日本愛国党総裁の東京銀座数寄屋橋でのアジテーションには遭遇できた。

ちょっと大きい声では言えないが神楽坂を登った付近には有名な「トルコ神楽坂」が健在だった。後楽園球場がすぐ隣にあったが一度も行っていない。皇居前広場の静寂な雰囲気は神秘的霊力で私を包み込む。二重橋を前にして写真で見た終戦直後の状況が浮かぶ。

大学で学んだ知識はその後の社会活動で法治国家の何たるかを理解するのに少なからず役立っている。やがて遭遇することとなった民事裁判で被告となった時であった。判例を幾件も参考にしながら弁護士無しで答弁書を作成・提出し、証拠・証人の準備も整えて審理に臨んだ。いかんせん裁判所での幾度かの審理で原告金融機関の顧問弁護士である代理人の準備した証拠を採用され敗訴となってしまった。裁判官が不条理な証拠でも判例主義をとり判決を下したと理解できたので上告は取り下げることにした。

この内容を少し紹介しよう。

二〇〇一年に銀行より訴えのあった、抵当物件に係る「詐害行為取消請求事件」である。

被告人は銀行の保証債務物件である田圃を買った私である。

訴訟内容は、訴外〇〇から被告に対する本件不動産の売却が不適正な廉価売買で被った損害賠償請求である。原告は近隣の販売事例を町事業である道路拡幅に伴う補償金の例を挙げて、坪単価四千二百九十七円五十一銭と算定、原告はこの金額を補償するとの考えが当該地域に対する最低基準単価と主張し、本件土地の売買における取引価格は最低でも下回ることはないとの論旨である。ちなみに私の買取価格は坪二千円である。

さらに原告は大審院以来の一貫した判例を何件も提出した。

私は原告の準備書面にある請求の趣旨・請求の原因について答弁・認否・抗弁からなる答弁書を提出して争った。

そもそも取引は基本的に相対で行うものである。高齢により農業を辞めたい農家が継続できる適当な農業者へ農地を譲ることは理にかなったことでもある。

しばらくして近所で離農された方の田んぼが私の取引価格の半値ぐらいで隣の農家に売られたと聞いた。書類を見たわけでは無いので確証はないがこの件に関しては事件になっていない。

町の公共事業がらみの土地価格が最低基準価格という主張も根拠がいまいちに思える。よく聞く風評に、行政が公共事業に伴って値付けした価格が、路線価に反映され固定資産評価額の上昇を招いているのではないのか。ひいては町の固定資産税の増加につながる目論見も見えてくる。

そんな主張はしなかったが、近隣の取引事例を参考に、路線価の半額以下であっても問題なく商談が成立していることを主張したが、結局価格差は銀行に支払うことになった。

上告しようとも思っていたが、上級審の裁判所が遠いのと、無駄な時間と労力であると悟りあきらめた。ただ心残りなのは本判決が今後の判例となることである。

その農地での米の生産は今も続けている。

真理を追究するはずの裁判行為の、保守性と閉鎖空間をよく味わえた出来事であった。

懐かしい反戦青年委員会

就職した企業は労働組合運動が活発であった。

時の三公社五現業の一翼を担う電電公社に職を得た社員と関連企業従業員で構成する二〇万人を超える労働者団体「全電通」である。

委員長経験者で国会議員になる人も排出しており社会的影響力の大きい労働組合である。本部、支部にいる多くの役員、専従者が組合員をオルグして士気が非常に高く団結力も強い組織である。福野分会で組合の仕事に参加することも多く、いつしかそんな流れで県支部の青年部長役を仰せつかることになった。

全国的には青年常任委員会が設けられて連携を深めていた。

時あたかもベトナム戦争が激しさを増し、アメリカの施政権下にあった沖縄からは米軍機がベトナム空爆に飛び交う日常がマスコミに流れる。

そんな中沖縄返還交渉が山場を迎えようとしていた時期でもあった。不詳私も沖縄返還前年には「沖縄を返せ」シュプレヒコールを浴びせに、白いパスポートを持って沖縄に乗り込んでいた。確かに沖縄の通貨は一ドル３６０円で交換したドルであった。沖縄の同志と那覇空港へジグザクデモで進軍し官憲と衝突したことを記憶する。

　よし地元でも仲間に呼びかけて沖縄奪還、反戦平和運動を組織しようと立ち上がった。

　富山大学で大学紛争に傾注していた友人もサジェスチョンしてくれる。地元だから「砺波地区反戦青年委員会」と名付け、委員長として指

揮を執ることになった。

富山県支部の街宣車を借り、あちこち飛び回り、アジテーションも試みた。流行りの「われわれワー、今こそー・・」のフレーズは自分には似合わないように思えたが「連帯しよう」のフレーズはよく使った。

時には数百人の集会にもなった。

小松空港へも反戦のシュプレヒコールに出向いた。

街頭ビラ配りもした。

家に何人か集まり、持っていた謄写版でビラ作りもする。

近寄ってくる人物の中には、明らかにセクト主義を匂わせる者もいた。

そんな中、砺波で開いた集会で金沢大学を卒業した中学校の先生が襲われる事件が発生した。

あれやこれやで少し運動に対する疑問が湧いた。

純粋な気持ちで、残虐な戦争に反対しようと運動を進めていた自分であった。そのころから公安の監視が感じられるようにもなった。
ここで、「はにたな」の教えが脳裏をよぎった。
いつも反省し忍耐強く真理を探究する仲間たちであって欲しい。

西ドイツ派遣

地元は自由民主党の長老松村謙三を輩出した保守王国である。そんな中での労働組合運動や新左翼的な活動は目を付けられやすい。とは言っても松村謙三先生の農地解放や日中国交回復活動を支えた地元住民は懐が深い。

私の伯母が松村謙三翁遠縁で自由民主党県会議員松村清年先生自宅隣に住んでいた関係で、時折先生宅に伺っていた。

当時福光町では国際的視野を持つ青年育成を目的とした海外派遣事業第一回募集が始まっていた。松村県議は見聞を広めてこいと、自分を推薦してくださり派遣されることになった。

松村謙三翁と同じ流れを汲む政治家、川崎秀治代議士が設立した世界青少年交流協会の派遣事業に加わり、当時冷戦最中の分断国家である西ドイツを歴訪することに相成った。

研修会が代々木オリンピック記念青少年センターにおいて四泊五日の日程で行われた。初めて乗る飛行機は日本航空で羽田発のアラスカ経由、シベリア横断でソビエトのモスクワへ、そこで飛行機を乗換えて西ドイツに入り、フランクフルトに到着という十八時間の旅である。派遣のメインは、一般家庭での民泊である。

西ドイツのニュルンベルクで一人ぽっちの民泊を経験することに

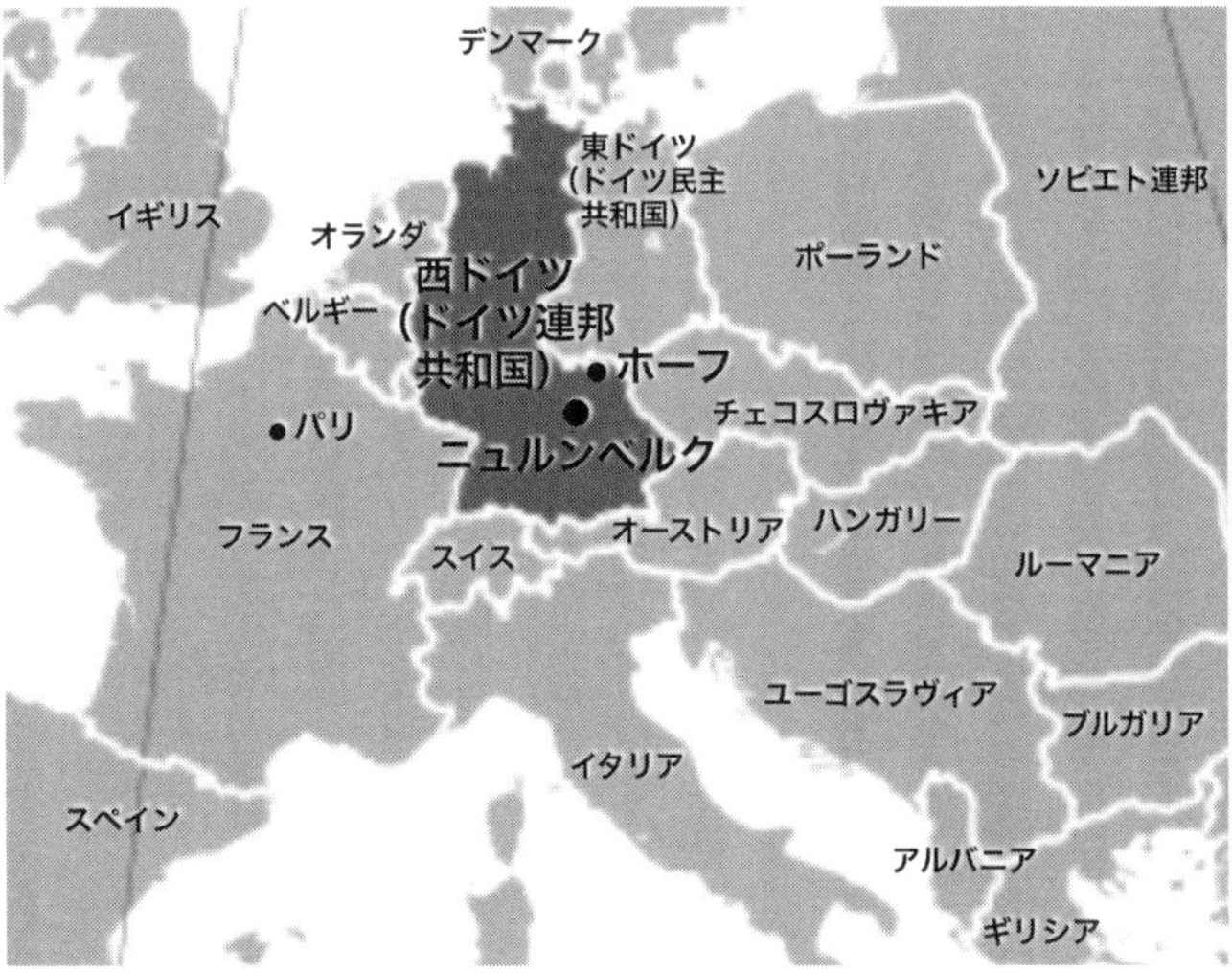

1970年代のドイツと近隣諸国

なった。その民泊家庭は三台の印刷機を持ち印刷会社を営む、マイスターのリットハマさんの家庭である。家は地下一回地上二階建てのモダンな家が連なる一棟だった。リットハマさんの一三歳になる次男ハルバート君は、2カ月位の夏休みのうち、二週間をキリスト教系のユーゲントのキャンプに参加している。

その間屋根裏部屋にあるハルバート君の部屋が私の寝室となった。他に十才になる末娘のアンゲリカちゃんは小学生である。一番上の十五才のデータ君は近くの住宅に週刊誌配達のアルバイトをしている。彼が通っているギムナジウムは九年制の大学進学コースである。ご夫婦は幼い時戦争を体験されたと思われる。

日中はデータ君が街を案内してくれた。少し慣れてくると一人で市内を歩き回った。ここは先の大戦でナチス戦犯が裁かれたところである。教会は町の中に塔を誇る。緑の木立に囲まれた公園の中には野外ホールがあり市民が奏でるコンサートが始まる、一緒に楽しむ人波を過ぎ小道をさらに進むとステッキを持った穏やかそうな老夫婦連れと幾組もすれちがう。そんな光景を見て深遠なる思いが過る。

今回の研修出発の日バスを降りて福光駅まで歩く、ワクワクしている自分、お宮さんの境内を横切りバス通りを挟む商店街を進むと、腰の曲がった老人がとぼとぼと歩く姿にすれちがった。こんな光景は日ごろよく目にするが、そんな日常の光景と重ねあったとき、なぜかしら目頭が熱くなり、心にこみあげるものを感じた。

夕ご飯が済むとご主人は地下の部屋に案内してくれた。あまり広くはないが、ソファーにテレビがあった。ほとんどテレビは見ないそうだ。壁に向かってピアノが置いてある。ご主人の演奏内容は覚えていないがゆったりした雰囲気に浸った。公園にあった音楽堂でも町の有志と時折演奏会をするそうだ。楽器を奏でる市民は珍しくないらしい。翌日ご主人は車を整備し始めた。これから君を息子のユーゲントキャンプに案内しようと言う計らいである。燃料を満タンにしてドイツが誇るアウトバーンをひた走る。車は普通のドイツ製乗用車だったが、一〇〇キロ以上のスピードで息子が野営しているというキャンプ場へ向かう。そこは東ドイツと国境を接するところにあった。低い森に囲まれ芝生と草むらが広がるそのキャンプ場には、多くの青少年が夏休みを楽しんでいた。

ユーゲントはドイツ語で「青春」を意味し「いつも若々しく伸び伸びとした団であるように」との願いを込めてつけられた、日本ではボーイスカウト、ガールスカウトに相当すると思う。親子の面会が終わり、お父さんは話してくれた。ここでのユーゲント活動は分断された不幸な国家の実像を理解し、あるべき姿を教える場でもあるのだよ。そこには、ドイツ国民としての気概を失わせしめない、ゲルマン気質とキリスト教の調和が精神的拠り所となっているのだろう。

車に戻り、再び田舎道を走って行くと、国境の町ホーフに入った。そこは幅十数メートルの川をはさんで対岸が東ドイツ領であり、古びた工場と人影の見えない町並が見える。町の周りはコンクリートの壁で囲まれている。そこから少し離れたところには、東ドイツの監視塔が立ち、ひとがうごいているのをみることができる。二十四時間、東ドイツの兵士が監視しているのである。架かる橋の近くまで走らせて車を脇に止めた。車がすれちがえる程の幅がある頑丈そうな木の橋が、それ程離れていない対岸まで伸びていた。その橋は渡れないとお父さんは悲しそうに言う。

川向こうを指して、「東ドイツの監視塔が見えるだろう」、西ドイツに逃れるためにこの川を越えようとした人が何人もいたが、撃たれてしまったそうだ。東西冷戦下の国境を目の前にした時だった。向こう側を見据えたお父さんの口から出た重い言葉が心に残る。「川の向こうも私たちの祖国ドイツ、そして私の立っているここも私たちのドイツだ。今の現実はとても悲しいが必ず統一される日は来ると信じているよ」

ドイツ語をよく理解できない日本の青年だが、確かにそう聞こえた。同じ敗戦国の悲劇を持った同胞として、強い連帯の絆が結ばれた瞬間であった。彼らの「生活」から多くのことを学んだ。

先に見た公園でのステッキを持ち並んで散歩する老夫婦連れ、未来を担う若者たちがユーゲントを通して育っていく姿、分断された国に住む市民の現実等々、西ドイツに滞在して私のアイデンティティは大きく揺らいだ。自己の変革が始まったようである。

青年学級長になった

西ドイツから帰って以来いろんなところで話す機会が多くなった。労働組合でも、各分会青年部からは、労働運動の話より西ドイツでの話しの要望が多くなった。現地で写したスライドを見せようと投影器具一式を買う羽目になったが、全然負担に感じない。翌年、地元福光町での成人式で話すことになり、町の会館大ホールで二十歳のみんなにどう生きるべきかを語った。

だんだん地元のサークルにも参加するようになった。しばらくご無沙汰していた福光図書館へも顔を出すようになり、読書会の立ち上げにもかかわった。福光町青年議会では多くの仲間ができたが、町を変えるまでには至らなかった。町部の青年会と各地区の連合青年団員で構成する青年学級の学級長になり、色んな企画を立ち上げた。学習会や泊まり込みの研修も行った。西ドイツ派遣で感じ取ったアイデンティティを確立して、みんなと共有できるのではないかと希望が湧いてきた。

労働組合運動を通しては無理だと感じていた。そこではマルクス主義を建前とした社会主義社会実現を目指したものであった。仲間と思う人の一部、民青、日本民主青年同盟を支持する人からは「トロ」（トロッキスト）と嫌味を言われたりしていた。組合組織の幹部といわれる人たちにもいろんな方が入り混じっている。労使の団交の席で灰皿が飛ぶような状況も見られる一方、いつしか使用者側の立場に立つ人、労組関係の福祉団体の理事長などを目指す人など、又派閥もあるらしい現状を見るようになると少し引いてしまう。

それでも組合本部女性幹部から聞いた資本の元締めである銀行を労働者の手で作ろうという労働金庫設立全国展開には共感していた。又労働者による共済組合活動、生活協同組合活動も働く者の自立につながると感じて賛同している。しかしその幹部は、各労働組合幹部の天下り先であることには違いない。人々が生涯安心して暮らせる平和な社会がどう実現できるか若い心は素朴に考える。ドイツで芽生えた、幼い人も働き盛りの人も、年老いてからも、みんなが助け合い、不幸な人を社会から一掃できる、安心して生活できる「福祉国家論」を日本で展開できないだろうか。それに比べて地元のうぶな若者とは、お互い共感が持てるところがあった。しかしオープンな組織には自分のアイデンティティに共振させるには限界を感じた。友として、友人としての強い絆は結べても社会にウネリを起こすにはエネルギーが十分ではなかった。

よき伴侶との出会い

地元の青年たちが集う青年学級を通じて、みんなから祝福を受けた伴侶と出会えたことには感謝しているし、今もそばにいてくれることは運命というしかない。みんなから記念に頂いた「松ぼっくりで作られたお通い狸」と「大きな壺」は今も変わらず玄関に飾ってある。(近所の古道具屋で買ってきたものである)

彼女に悪いと思っていることは、私のアイデンティティを共有してくれるような同志的行動の理解を進められなかったことです。残念ながらこれを書いていることも彼女は知らない。今までの彼女に対する素の自分は、一人息子で親から溺愛された、身勝手で少し我の張る、はっきり決断ができない、片付けができない浪費家のだらしない男とみられているでしょう。

日常生活で彼女に見せる姿は気楽です。

ある意味肩肘張らずにお互いの生き方を尊重していると言えるかもしれません。日常はお互いを気遣いながらも、領域を決めた範囲で独立採算制、稼いだ金は自分で管理することが続いています。外にも内にも借金はしないのが原則となっているはずです。

ですが子育てだけは申し訳ないがすべて彼女任せでした。三人の娘たちは独立して所帯を持ち、時折孫を伴い会いに来てくれます。一番上の孫から、高校時代使っていたタブレットをプレゼントされた妻が、それ以来ＬＩＮＥから送られてくる孫たちの映像と会話が生きがいと、手放せない毎日を送っている姿を目にして、自分も至福の時間を感じています。

鸞鳳（らんぽう）会

よき伴侶を迎えるにあたり、彼女の父親は娘を案じて猛反対された。嫁ぎ先は農家であり娘はその経験がないことに加え、婿となる男はどう見ても家庭を大事にしそうでないとみられ、そんな男の所へは娘はやれないときっぱり断られました。

そこで間に入ってもらったのが先の松村県議でした。

郵便局に勤める私の親父や隣の伯母の話、先の海外派遣後の良一（私の事）の変わりようなどを親父さんに話してもらいました。そして松村ご夫妻を仲人に無事式を迎えることが出来ました。

私たち夫婦は三番目のカップルでしたが、そんな仲間が五十三組になり、先生の名付けで「正信偈」からの引用で「鸞鳳会」と命名されました。

昭和六十一年に皆が集まり「松村清年・孝子ご夫妻に感謝する会」を催すことが出来ました。幼い子供たちを伴った感謝の集いは縁結びをしていただいたご夫婦に少しは報いることが出来たと思います。

一九八二年の年賀状・新居を建てる

ガリ版で謄写した年賀状が出てきました。

『列車で始めた富山勤め、新しい仕事に胸はずませ一歩、また一歩、線路設計の現実に、ともかくも喰らいついてみた一年でした。

ファクト　イズ　ファクト

これからの情報産業は、アルビン・トフラーが、第三の波で言及している社会の現実化へと、その実現を確実にしています。ＩＮＳはその先鋒となることでしょう。

天下之憂先而憂

天下之楽後而楽
是王道之始也

昨年から今年にかけて、住居を建ててみました。内需拡大の一助に・・・小市民的な満足感・・・の結果です。このようなわけで、年賀は本当に元旦に書いております。』これは四十二年前の年賀状ですから、この前年、退職を控えた父親が、息子と協力しての一大事業と相談し、家の新築に臨んだ時でもありました。設計はお前に任す、しかし仏壇を配置でき、親戚が集える大きな座敷と控えの間は必須条件と親父。

同居の伯母の部屋も当然必須条件になる。結局入り口から廊下を挟んで南側が親父の望む間取りに、反対側と二階が自分の思いを入れた間取りになりました。

娘三人には、二階半分をそれぞれの部屋にして、残りは私たち夫婦と、自分の作業部屋になりました。

斬新な間取りを考えていたのですが、結局二階建ての大きな瓦葺きの新築家屋になってしまいました。費用は折半、ということで、登記も折半になっています。

完成までの仮住まいは旧屋敷前に建っている二階建て納屋とその横に建てた台所と食堂に使うプレハブでした。

風呂は勿論なく、プレハブとの間を囲ったシャワー室が代用です。

仮住まいでの子供三人を含めた八人の生活は、暑い夏から大晦日前日まで続き、その年の瀬は新しい風呂ですっきりしました。

文字通り一年の垢を落とし、新築の暖かい茶の間で迎えた家族全員の新年の幕開け、すべてにありがとうございます。

PC・88パソコンを買う

昭和五七年富山にあったパソコン販売店にNEC社からN88-日本語BASICが標準添付されたパソコンが展示された。表示やファイル入出力などのデータとして日本語を扱うことが出来、このパソコン上で動くソフトも数多く出回ってきた。早速購入することに。本体、デイスプレイ、プリンター一式で三十万円以上は支払うことになった。二階の我が個室にある机は一台から二台になったが、プログラミングに挑戦するなど多くの時間をここで過ごすことになった。そんなことがきっかけになったのか、北陸電気通信局、情報処理室に異動辞令をもらうことになった。

ここで本格的にプログラミングを学ぶことになる。使う言語はコボルとフォートランだが、早速愛知県の研修機関で数カ月間の訓練を受けた。

職場に戻って同僚と仕事をすることになったが、内容は各部門で使われている事務処理に関する修正処理デバッグや時々の計算処理業務、給与計算処理業務だ。地下には日立製の大きな処理機械が何台も並び、映画館で使うフイルムの様な磁気テープや一〇キロ以上の重さの磁気ドラムを動かしての処理になる。

処理入力は紙テープにパンチしたものを読み取り機にかけて行われました。他の部屋には緑色の表示画面を持った二〇インチ位のデイスプレイとキーボードそして記憶媒体として八インチフロッピィデスクドライブが何台も並んでいたと思う。

時々の処理にあたっては先輩同僚と一緒に恐る恐る取り組んでいた。次の年には電電公社が民営化されることに伴う会計システムが変更になるということで、その一部が北陸の情報処理室で取り組むことになった。

十数名のプロジェクトに加わり本社等での数カ月にわたる説明会や研修

会を経て変更プログラムのフローチャートやコーディング、デバッグなどに取り組むことになりますが途中で富山への転勤となり、同僚に引継ぐことになった。

近年使われているような簡易言語でのプログラミングとは違いとても力仕事に感じた仕事でした。また当時は職場や家庭にパソコンが普通にあって、通信やネットで簡単につながるような環境になく、インターネットの用語も聞くことがなかったように思う。当時の職場で、そのような通信環境でのパソコンを介した情報処理技術の提案をしたこともあったが世に出るまで十数年必要だった。

電電公社時代の電報・電話・テレタイプ・ＦＡＸに続く通信サービスとして様々考えたのだろうが、結局ＩＳＤＮ・総合デジタルサービスまでに止まり、現在のインターネットサービスとして取り込めなかったことは残念である。

一九九五年の阪神・淡路大震災でインターネットの有効性が確認され、翌年にはＷｅｂサーバとメール中継が開始されパソコン普及の相乗効果でメジャーな通信手段となり今日の状況を呈している。

思えば営業マン時代安価な文字通信手段のテレメールとか、パソコン通信ができるキャプテンシステム・ビデオテックスシステムの普及に力を入れていた思い出がある。お医者さんが興味本位で導入された。今のインターネットと同様のサービスが提供できるが速度が遅く、その分通信料も高くなり一般家庭への普及は難しい商品だった。移動通信システムとしてはポケットベルが全盛期を迎え、携帯電話はショルダーホンとして市場に出始めていた。

インターネットシステムにしろ、コンピュータの基本ソフトでも日本の技術開発では世界を超えそうでも、商業ベースになると拝塵を味わうことになり日本人として悔しい限りだ。

福光ネイティーブ・トラスト誕生

一九八七年、昭和六二年も押し迫った一二月中旬に郷土の若者達は声を上げた。

若くして立ち上げた会社の経営者、自営業者、サラリーマン、農業経営者、僧侶や公務員など様々な経歴を持った青年たちは不思議な縁で結ばれ、時には町はずれの桑山山麓にある仲間の山小屋「高志山房」で喧々諤々の中、飲み明かすことも度々である。みんなの思いはそんな中から醸成されてきた。理想を行動に移す時だ。そこで生まれたのが「福光ネイティーブ・トラスト」だ。その高邁な設立趣意書をお読み頂きたい。

「FNT」福光ネイティーブ・トラスト

霊峰医王の山に灯がともり、古里福光を照らす。

人々はその光に導かれ古里創成に立ち上がる。

かって福光は加越国境の霊峰医王山下に位置し、医王山四八カ寺とも言われる寺坊を有し古くから山伏・行者が集い、山岳信仰を伝え民衆の中に深く入り込んで一大文化を築いた。今その地に再び熱き思いを持った有志が古里を自らの手で創成しようと立ち上がった。

世界はノストラダムスの予言が流布するように暗い世紀末を暗示している。人類を救う新しい地球文化の創造は決してニューヨーク、モスクワ、東京とは限らない。

人口二万二千・面積一六八平方キロ、そこから創造される新しいエネルギーは世界を救うかもしれない。

現在の社会は利益社会（ゲゼルシャフト社会）中心であり契約によってお互いの結びつきが形成され、人間性の発揚基盤が少なく、そこから多くの危険な問題が派生して混乱を増幅してきたと言える。

能登
金沢
高岡
富山
福光市街
福光営農セン

Freedom Native Town
医王山
スキー場
自由人町通り
池
F.N.T
センター
小矢部川
1988.12.29
Y.G

それらを修復し、未来へつなぐ文化を創造するには家族・村落といった基礎社会（ゲマインシャフト）に視点を置いた活動を起こさなければならない。ここに**Fukumitu Native Trust**設立の意義がある。

「The reform of native place to Fukumitu Native Trust now」

高邁な理想を掲げて四十年近く止まることなく今も脈々と歩み続けている。この「福光ネイティーブ・トラスト」の名付け親になり、事務局を担うことに誇りを感じている。

平成三年度の活動記録が残っていた。

Fukumitu Native Trust

The reform of native place to Fukumitu Native Trust now

一月　新春座談会　武田文夫君私邸
二月　講演「ＮＴＴ二一世紀ビジョンと地域おこし」
　　　　　　　　　　ＮＴＴ元女課長　福光温泉
三月　九仙洞の話　医学博士松村氏私邸
四月　座談会　内閣審議官井澤氏を囲んで
　　　　　　　　　　ラモヴェール・ゲストハウス
五月　炭焼きバーベキュウ　　　　高志山坊
六月　講演「医王山の自然と開発に思う」
　　　郷土の語り部谷川喜一氏　　太谷亭
七月　草刈り十字軍第三回一日義勇軍
　　　玉川の森／交流会よしわらじ緑地
八月　松村謙三先生二〇年祭／記念講演会
　　　講師　早稲田大学名誉教授木村時夫

松村謙三伝編纂
懇親会／松風園
九月　中秋七日の名月を肴に　高志山坊
一〇月　講演会　南極越冬隊員小野孝之氏（東部小学校）
懇親会　西川私邸
一一月　ティーチ・イン
「福光町名誉町民河合良成先生に学ぶ」
福光温泉
一二月　Ｌａｄｉｅｓ　ｆｉｒｓｔ　パーティー
ラモヴェール・ゲストハウス
このような例会は設立以来最近まで脈々続いた。
事業展開はさらに中国との貿易を担う（有）福光通商の設立、福光特産だった麻産業を補うため麻布の輸入や福光玉素材の輸入も試みた。これには中国貿易商事を経験してUターンした松村氏が尽力した。

若い農業者四人とFNT会員が出資した農事組合法人・福光営農センターを立ち上げ、農政改革の提言を試みた。これには県立短大の足立原教授が設立した農業開発技術者協会に所属する西部氏が主導した。

地元起しの一翼として地元に伝わる木曽義仲の盟友・巴御前を顕彰する巴御前史学会を会員の開氏を中心に立ち上げた。「第一回全

巴御前松

国巴御前サミット」を福光で開催したことを契機に、長野に本部を置く木曽義仲ゆかりの会とも連携した「義仲・巴ら勇士讃える会」広域連携推進会が結成された。

各地での全国大会が開催されるようになり、ＮＨＫ大河ドラマにしたい歴史上の人物にも浮上している。ＮＨＫ本社制作部へＦＮＴとしても陳情を続けている。「鎌倉殿の一三人」で義仲と巴の活躍も見ることが出来た。

福光には巴御前が享年九十一で終焉を迎えた庵跡に植えられた老松が今もたたずむ。この老松の下で毎年十月の命日には全国の義仲・巴を慕う関係者による法要が営まれる。

また自然保護や文化継承を担う武田文夫学長の活躍など幾多に及ぶ。

小矢部川源流に注連縄を飾る水源を守る活動は現在医王山山頂の夫婦松に注連縄を飾り、天台宗医王山寺住職を招いて式典を行っている。会員参加で無農薬の米つくりは武田学長の田んぼで続けられている。

これは金沢大学の水上教授がＦＮＴと取り組んだアルマス活動として今も続いている。アルマスの由来は、フランスの博物学者ファーブルが手入れのしていない自宅庭をアルマス（荒地・耕されていない地）と言ったことから水上教授が命名した。

南砺市発足の市長選では無競争阻止と同志が急遽出馬、三分の一の得票を得てその後の市政に風を吹き込んだ。このような活動が今年で三十七年目を迎えた。

近年、設立当初から会を率いる重責を担う得能金市会長が全国民生委員児童委員連合会会長の重責を担うに至り、同志一同誇りに思う。全国の福祉の根底を担う二十四万人と共にあり、その初代会長が明治維新を築いた幾多の先人の中で「日本資本主義の父」と尊敬される渋沢栄一翁ということを二人でしみじみ語り合ったものだ。

黒い猫でも、白い猫でも

財団法人櫻田会の依頼で松村謙三伝編纂にあたられた木村時夫早稲田大学名誉教授は、謙三生誕の福光へ取材によく来られた。

その関係でＦＮＴとの付き合いも親密になった。木村教授は東京で市民ゼミも主催されておりゼミの一環として中国の旅を企画して、我々も同行することになった。

中国が二〇〇八年の北京オリンピックを開催する六年前である。訪問都市は台連・北京・洛陽・上海であり、北京では北京大学の社会科学学部との交流会を持った。彼らは松村謙三と周恩来の関係をよく知っていた。北京大学の校内はべらぼうに広いし林みたいなところも至る所にある。

その一角に近代的な図書館が完成まじかであった。聞くとこの建物は北京大学出身者がアメリカで医療関係の事業で大成功したので全額出資で建設されたと誇らしげに語った。さらに交流会では、我々は指導部の「黒い猫でも、白い猫でも鼠を捕る猫は良い猫だ」という言葉に触発され、政治制度に関係なく市場経済優先の資本主義的経済活動をとる国である。あなたの国、日本は社会保障制度の進んだ社会主義的であると揶揄された。彼らは現状をよく認識しており、日本の生産設備移転と技術移転で瞬く間に日本のGDP・国内総生産を追い抜いて行った。

それは日本の失われた三〇年の道程となった。日本の産業構造は高度な技術力とパイオニア精神を持った中小企業を基盤に、そのサプライチェーンをもって成り立つ大企業によって盤石の産業国家を形成していた。国民の多くは賃金上昇の恩恵を受けて安定した中間層を生み出した。高度経済成長に助けられ社会保障政策の充実化が進んだ。しかし九〇年代以降経済のグローバル化対応の失策で安易な人件費対策と市場開拓で国内産業の海外移転が進行して失われた三〇年が今に及んでいる。

中国・台湾・韓国はそんな日本の国内事情に目ざとく対応した。

日本の優秀な技術者は彼らに好待遇で引き抜かれ、彼らは短期間のうちに最新の製造設備と技術力を持って日本を追い抜く工業国に躍り出ることが出来た。造船、半導体産業、自動車、家電等はことごとく彼らの手に落ちた。

二〇二二年すべてを失った一九四五年から七七年、これは一八六八年の明治維新から敗戦の一九四五年の七七年間とくしくも同じ、人間の喜寿である（私も喜寿でこれを出筆）日本国民のＤＮＡには過去に学び進化する生命力が宿っている。

それから二年、今年は二〇二四年を迎えているがすでにその兆候は感じられる。コロナパンデミックが去り、半導体、自動車の分野に明かりが。

意には沿わないが、権力機関が発行しない仮想通貨ビットコインの創設者がナカモトサトシなる日本人と言われるのも、国体も汚れた旧態依然の膿を出し切り改革に向かう兆しが見え始めたのも。
二一世紀は日本国民の英知で平和で飢餓のない世界に導こうではありませんか。

残された時間は少ない

これは二〇〇八年にＦＮＴ例会テキストとして書いたものである。先日、友人たちとシャバのことについて雑談していた。ネバダ・レポートって知っているか。「ＩＭＦの日本管理プログラム」としてリークされた日本改革レポートで、二〇〇一年に登場した小泉内閣前後のものらしいとのこと。

小泉さんが華々しく郵政民営化、財政構造改革路線を掲げ、参謀に民間の竹中平蔵を内閣に入れてその後五年間突っ走った、そのスタートの時期と一致する。

その後小泉さんはアメリカの「ポチ」とニックネームされるようになり、日本の赤字財政は一向に減らないし、むしろ益々借金を増やし一千兆円を超えるまでになった。

一時、新札切換えが噂されたデノミ（円切り下げ）は実施されなかったがゼロ金利政策・金融緩和で市場金回りの活性化を図った。そして戦後最長の景気持続で株価もバルブ崩壊時の倍以上になった。

こんな話を聞いた後での内輪話だ。

なんゆうとるがいけ、みっしゃいま、この町近在にそんな浮いた話なんかどこにあるがいか。商売しとるもんみんな借金抱えて青息吐息のとこばっかいね。

とっしょるばっか幅きかして、若いもんのでるまないないけ、ひとつも働かんといて、はよ若いもんの頑張れるシャバにしなあかんないけ、とっしょるなんか、はよおらんようになりゃいいがじゃないけ。

なんゆうとるがいけ、おらちゃの若い時のとっしょるのかわいさげなとこみて、なんとかしなあかんゆうて、年いってても安心できるシャバにしようゆうてここまできたがじゃないけ。

こないだ中国へ行ったら、日本は中国以上の社会主義の国じゃ言われたがね。

そんなこととゆうたかって、若いもんがだんだん減って、とっしょるばっかになりゃどうなるがい。

豊かな日本、憂える日本、危機に備えた私たち日本人のＤＮＡは改めてこの現実にどう対処してゆくのか、残された時間は少ない・・・・・。

ネバダ・レポート・ＩＭＦ日本管理プログラム
二〇〇五年一月二〇日、経済財政諮問会議で政府は構造改革が進まなければ日本は五年後に財政破綻すると発表した。それに先立つ二〇〇一年一月、ＩＭＦ日本管理プログラムがリークされた。

その要旨は次の通り。

一.公務員の総数三〇%減、及び給料の三〇%削減、ボーナスは総額削減。

二.公務員の退職金は全額削減。

三.年金は一律三〇%削減。

四.国債の利払いは五年から一〇年停止
五.消費税を二〇%に引き上げる。

六.所得税の課税最低限を年収百万円まで引き下げる。

七.資産税を導入して不動産は公示価格の五%を課税、債権・社債については五~一六%の課税、株式は取得金額の一%を課税。

八.貯金は一律千万円以上のペイオフを実施、第二段階として預金の三〇%~四〇%財産税として没収する。

国際通貨基金の非公式文書と言いながら日本が財政破綻したときに備えた厳しい対応が示されている。

このテキストは夕張市が二〇〇七年に財政破綻したことに衝撃を受け、日本国に迫る危機をレポートしたものだ。

失われた一〇年に立ち向かった小泉内閣から鳩山内閣・菅内閣・野田内閣の野党政権を経て自民党、安倍内閣に至る失われた三〇年と言われながらどうにか国家破綻をしのいできた。

昨今の政権はかつての労働組合が掲げてきた勤労者の賃上げを掲げ、戦後の農地解放による農民の中産階級化で経験した社会の安定と発展の再来を狙っているとすれば大いに期待できる。

国債頼りの公共投資に頼らない内需拡大には、個人所得の増加に加え、老後の二千万円貯蓄に表される内向きの世論操作より、老若男女問わず未来志向で社会参加できる環境を構築すべきではなかろうか。

地方都市に住む多くの年金受給者は大きな持家に住み、それなりの蓄財を持ちながら内向な経済活動で終える人たちがほとんどの様に見える。（この現象は若者と離れ先の見えない自分の将来を不安視する現在の状況から来る）彼らが若者を巻き込んだ経済活動を展開できる仕組みが全国に広まれば、その経済効果は優に毎年の年金支給額である五十兆円に加え、積年の保有資金も累積でき、効果的にお金が循環することで国民総生産額を一〇%以上積み増すことになる。若者の雇用の場と年配者の知恵が相乗効果を生むこととなろう。

もちろんそこに携わる若者の所得も十分に保証され、安心した結婚、子育てにつなげたい。年配者による育児支援もよい結果が期待できる。

これを読まれた皆さんがどのような社会が出来るのかそれぞれ想像され、みんなでその環境を創造しようではないか。

私の試案

各地に民間の有料老人ホームや、高級な介護付き老人施設など、また公的施設ではケアハウスや特別養護老人ホームなどがある。

人生の残り時間が少なくなれば多くの人がお世話になる施設である。

私がかつて西ドイツで見た公園での老夫婦や映画で見た年を経た人の過ごし方は少し違う。

スエーデンでは国家を一つの「家族」としてとらえ、年老いても自宅での生活を基本にしている。それを支える介護士は安定した公務員であり独居老人の家を頻繁に回り、トイレの掃除、寝具の整え、高齢者との会話に勤める。

病気でも病院への入院は極力控え延命治療は基本行わない。最後は住み慣れた自宅で迎えることが一番であるというコンセンサスが定着している。

日本のリタイア人生も地域全体でこのようなシステムの中で過ごせるようになれば、健康であるときは人のために動き、動けなくなれば信頼のおける介護士にお願いし、自宅で逝くことが理想である。

高齢者の日常を支える介護士には十分な報酬を保証すれば若い人材も確保でき、彼らが結婚・出産・子育てにも自信が持てることで地域社会の好循環の輪ができる。

ソビエト連邦の崩壊を予測

一九八〇年後半から始まっていたソビエト連邦の改革と崩壊は、「グラスノスチとペレストロイカ」で始まり、終わった。一世を風靡した「共産主義」による国家運営の終わりは、世界秩序の大転換をもたらし、今日に至っているが、決して資本主義社会の勝利ではなかったことも露呈している。自由主義陣営の言う「民主主義」と昨今の「法の順守」も説得力に欠ける。この年の年賀状の主張もまた悦に入っている。

「私は一年前・・・今日ほど人間の価値観が相対主義に取り込まれたことはない、と言ってきました。それは、かつて、特別な地位の人にのみ集中してきた情報が、マス・メディアの浸透で、市民レベルの価値判断形成に及ぶことにより、歴史的意味を持つことになる。

今の東欧でのそれは、まさに価値判断の相対性が、市民レベルに及んだ結果であると言える。

自由主義社会とは、商業的社会であるとともに、それ以外の目標を追求する自由があり、芸術や文学、映画や宗教、その他人生における崇高なものが存在できるように、物質的な条件を提供する社会であると思う。

しかし、商業的社会であれば、経済的原理からくる富の集中、不公正を生じ、相対主義による市民レベルでの一揆の要因は残るだろう。

また麻薬的や宗教的な覚醒による社会不安も、価値観の相対主義からくるひとつの結果としても残るだろう。

西暦では新世紀までちょうど十年、日本国は一歩先に昭和から平成に替わった。新しい世紀における羅針盤の指針は、市民レベルにおける、相対的主義価値判断形成に係るものから見えてくると思う。

亡国乃因此疑心暗鬼也

ドン・キホーテが、とうとう風車が、風と羽根車によって成立つことを知りました。結びつきの重要さを、肌で学んだ一年だった。

「よき家庭、良き社会、良き国家、良き人類、皆を結び育むのは、コミュニケーション」新生ＮＴＴの使命でもある。今年は商と信用を大切に、力いっぱい頑張る。

太平文化の蔓延した幕末に、ペリー率いる黒船の来航で、明治維新が実現した。

それから一二〇余年、黒船がコンピューターに変わり、ＡＴＴ、ＩＢＭの来航で、新しい維新がおきようとしている。

明治維新では、富国強兵が国家目標とされ、先の大戦まで続いた。だが今日の維新は、富国平和が国家目標にならねばならぬ。
それを実現するのが、高度情報化社会であり、新生ＮＴＴの誕生意義でもある。

二度目の西ドイツ訪問

昭和六十年日本電信電話公社は民営化され日本電信電話株式会社、NTTとして再出発した。当時株式市場に上場されたNTTは情報産業の雄として世界一の企業価値を持つ会社になり、一株売って車が買えたと話題になった。

ミスター合理化といわれた真藤恒氏が、NTT初代社長として石川島播磨重工業社長から着任され、親方日の丸からの企業意識改革が進められた。標語に「ポンテアック」とあった記憶がある。車の名前ではなく、意識改革を促す頭文字をとった内容であると記憶するが詳しいことは憶えていない。

この年から営業職となり、通信サービスや電話端末設備の販売に携わることになった。技術力を持った営業マンとして自信たっぷりで、提案型営業を展開した。特に複数回線を持った事業所への電話設備のシステム販売で成果を上げることが出来た。当時の役場や大きな会社では専門の電話受付業務があり、そんな事業所への大型電話交換設備ＰＢＸの提案は効果抜群で富山事業所管内での販売実績は語り草になる位だった。その実績が買われたのか次の年には本社が企画した通信機器事業部門の海外研修に派遣されることになった。

まずは昭和六十三年の年賀状だ。

ドン・キホーテ初老を迎え、自分をじっくり見つめ直しております。

二度目の欧州の旅を経験して、益々世界が狭くなっている感じと、改めて祖国の存立基盤について考えさせられました。見極めの難しさについて学んだ、そんな一年でした。「寄って立つ場により、自分の行動と判断が、大きく左右されるものであります。

その中でも常にチャレンジ精神を持ち、腹を据えて行動すれば、おのずと道は通じると思います」欧州を見ての決意である。

昭和六十二年三月、全国の通信機器販売で成果があった社員一行三十五名は、西ドイツのハノーバー市で開催された事務・情報・通信技術分野における総合見本市、「ＣｅＢＩＴ８７」に参加し、あわせて西ドイツ、フランスの電気通信事情を研修した。当時はインターネットやスマートホンはなく、移動体電話関係では自動車電話、ポケットベル、コードレスホン位であった。

大型電話交換機・ＰＢＸのデジタル化は進んでいた。インターネットに相当する通信システムは、世界的にＩＳＤＮ（サービス総合デジタル網）を指向した通信システムの展示が多くみられ、入場者の注目を集めていた時代である。当時日本では、企業や家庭に、パソコンに似た専用のビデオテックス端末を設置して、相互をデジタル回線で結ぶ「キャプテンシステム」を推進していたが、後で入ってきた「インターネット」網に駆逐されてしまった。

今、ＮＴＴに求められている企業文化、まさに今回の海外研修を「企業文化」そのものにしたい。

今回、研修の地となった西ドイツとフランスは共にキリスト教圏の国家であり、論理的・合理主義の国であることを知っている。一方私たち東方の国日本は佛教圏であり、無の心・悟りの心で物事を判断する国とされている。

街並み

第二次大戦でほとんど破壊された石造りの街並みを一つ一つ復元し、中世の面影をそのまま残した都市が数多い国ドイツ。

街並みには緑が多く、森を残している国ドイツ。電柱が街路に見えないドイツとパリ市街では、電気と電話線がすべて地下配線になっている。

ミュンヘンとパリの電話局はそれぞれ中世のたたずまいの中にあるが、中に入ると明るく近代的なオフィスである。

日本との違いを要約しよう。

ＩＣを埋め込んだテレフォンカードが使える公衆電話は、いたるところに設置されている、普及著しいビデオテックスシステム、ＣＡＴＶを販売するドイツポスト。ドイツの電話事業に携わる労働者は公務員等々・・・

この研修の成果をＮＴＴ企業文化醸成に役立てたい。

以上は当時の研修レポートの一部である。ほんの三十六年前の体験談だが、何かむなしい思いがこみ上げてくる。

アメリカには歴史ある巨大情報通信サービス会社、ＡＴＴとＩＢＭが世界に轟く。その名がこの時の研修レポートに出てこないことを不思議に思う。時を置かずアメリカのシリコンバレーで産声を上げて瞬く間に巨大ＩＴ企業となった「ＧＡＦＡＭ」は、今や世界に君臨している。アメリカ人が持つ開拓者精神に畏敬の念を覚える。

戦後日本は「ＪＡＰＡＮ　ＡＳ　ＮＵＭＢＥＲ　ＯＮＥ」（エズラ・ヴォーゲル、一九七九年著）と揶揄された世界第二位の経済大国に成り上がった。日本からの輸入超過で経済の落込んだアメリカは、今の対中国制裁とよく似た手法を用いながら、日本の国内産業界をじわじわ骨抜きにした。当時、アメリカ経済界の大御所である、ロックフェラー財団の拠点、ロックフェラービルを買収したことでアメリカ国民から怨嗟の声が出たのもうなずける。アメリカの対日工作は成功した。一九九〇年を境に日本経済は「失われた二〇年」を経験、アベノミクスで再生を試みるが、さらに「失われた一〇年」と続き、瞬く間にGDPは中国に大きく水をあけられた。国民一人当たりの所得は二〇年間増えていないし、気が付けば昨年韓国に抜かれてしまった。

先日のニュースでは二〇二二年度のGDP国民総生産額はアメリカ、中国、に次いでドイツが日本を抜き三位になったと報道、とうとう日本は四位に甘んじてしまった。

原因は明らかなのに、なんの手立ても講じていない日本国民、あえて政府・産業界とは言わないでおきたい。他人事にしないで市民が声を上げなければ根本解決にはつながらない。過去二度の国家の快挙を思い起こそう。今一度、明治維新の挙国一致「富国強兵」で列強諸国の仲間入りをはたした歴史は、たった七十七年間の出来事であった。そして敗戦で進駐軍に占領されてから、さらに七十七年の期間に「ＪＡＰＡＮ　ＡＳ　ＮＵＭＢＥＲ　ＯＮＥ」になった日本国民である。秘策はある。難局を乗り切れるＤＮＡが、日本国民に流れている。

資料をめくっていると、過去に書いた面白い文章を見つけた。青年の頭に浮かんだ独り言をお読み頂きたい。

有は無の上になる偶然

表題の件については、「はにたたな」時代から仲間に話していたことであったが、真理と語るには証明されなくてはならない。ある日何となく立ち寄った本屋さんで手にした、難解な数学書を買ったことからの発見である。この発見には、自分では嫌なフレーズながらも、神の啓示に相当するのではないかと、自分でも驚いている。これを見た皆さんはどう思われるだろう。

「オイラーの等式」

オイラーの等式は、その数学的な美によって特質すべきものと、多くの人に認識さている。無限数で成り立つ指数関数から、有の基本単位1を差し引けば0、すなわち存在しない無となる。無限数がマイナス1になるのは、偶然の営みといってよいだろう。すなわち「有は無と等しい」が成り立つ。再度確認しよう、「オイラーの等式」それは無限に続くネイピア数という定数に無限に続く円周率（しかし円の直径も円の周りも有限数である）と実在しない虚数i、この指数関数式は数学的に証明されていることから「真理」である。

この真理を、私が求める「生活」とシンクロできなければ、人々の理解は進まない。一枚の完全な「鏡」であっても。

オイラーの等式

$$e^{i\pi} + 1 = 0$$

e はネイピア数（数学定数、自然対数）（無限に続く数）

i は虚数単位

（二乗するとマイナス1となる数）（私は偶然と定義した）

π は円周率（円の直径に対する周の比率）（無限に続く数）

1 は乗法に関する単位元

（私は宇宙に存在する基本「有」と定義した）

0 は加法に関する単位元、すなわち零元

（私は宇宙に存在しない「無」と定義した）

とてつもない話です

宇宙の始まりは、とんでもない真空内での爆発、「ビッグバン」が定説になっている。

科学者は、その証拠がそこかしこにあると力説するから多分そうなのだろう。それは天地創造神がこの世を造った話ではない。無限のエネルギーを宿す、見えない位の極小な塊、「特異点」が突然大爆発したことに端を発して、真空内を拡張し続けているという、そして今も。

科学者の言う証拠が、ハッブル宇宙望遠鏡などで観測される多くの銀河が、地球から離れていくこと、しかも遠くにある銀河ほどその速度が速さを増していることから、宇宙は拡張していると証明する。（遠方の銀河ほど高速で遠ざかるため、その波長は伸びて赤みを帯びている、赤方偏移を見せることで証明される）現在では銀河の遠ざかる速度を正確に検出できるようになり、このデータから時間を遡れば、百三十八億年前には、拡張し続けている宇宙のすべて、約二兆個あるといわれる銀河のすべてが、一点に収束してしまう。その現象は、今ある宇宙のすべてを構成する源も、エネルギーとして収束するという理論である。

まだ若かった遠い昔、真剣に考えた現象を思い出す。

暗くなって空を見上げれば、多分無限に広がっているだろう夜空が見渡せる。そして月に照らされた自分の手が、なんと小さいことか。まてよ、この手はもっともっと小さな細胞の塊でできている。

ところで、その小さな細胞も、もっともっと小さな分子の塊。その分子も、もっともっと小さな原子の塊だ。

その原子もさらに小さな電子、陽子、中性子の塊。

さらに宇宙を満たす、小さい素粒子にと訪ね巡らすとき、ふと、これは私から見た大きさの基準であって、無数の銀河を擬人化すれば、私たちも素粒子以下の大きさかもしれないなと、ロマンチックな気分に包まれた吾があった。

存在のパラドックス

目の前の事象に囚われず、思考を深めてゆこう。

私たちが感じ見えるもの、五感と思考の中、意識できるあらゆるものの源に近づくとき、私たちは存在のパラドックスに気づくのではないか。

人や動植物、鉱物、空気、地球、太陽、星雲、銀河団を飲み込んだ大宇宙の存在の源を考えてみよう。

目の前のこれには単純明快な答えが返ってこよう。


形あるもの全て「分子」によって構成されている。

その「分子」は「原子」によって構成され、「原子」は「陽子」と「中性子」と「電子」などからなる「素粒子」によって構成されている。

素粒子は「仮想粒子」を源とする。

では、この「仮想粒子」の源はといえば「無の空間」すなわちエネルギーの値がゼロの空間である。

このゼロの「無の空間」では「エネルギーが沸騰した空間」として「仮想粒子」である「粒子」と「反粒子」が「対粒子」としてペアで発生し、瞬時に「対消滅」を繰り返している。それゆえ大宇宙の大部分を覆う無の空間ではエネルギーの値がゼロであり、同時にエネルギーが沸騰している空間として存在していると認識されるのである。

ここまでが我々人間が実証しえた事象と、それに基づいた仮設として認識できる。まあ人間の認識は、事象の微小な破片を多くのフイルターと変換装置を通しての結果であり、個々の認識を相互に共通化しているにすぎないのである。

人類史はまさにその変遷の過程であり、認識の実証結果がその時代の真理として最大限人類のために活用されてきたといえよう。古代の火の活用に始まり、道具や動力の発見で大いに人類を生物界の支配者として今日に至らしめている。動力源であるエネルギーに至っては太陽光、水力、風力等の自然エネルギー、火力の石炭、石油等の炭素エネルギーから水素エネルギーや原子力エネルギー、核融合エネルギーへと、人間を神の領域に近づけようとしているかに思える。

私は十代のとき「有は無のうえになる偶然」、「宇宙と原子の構成は同一」との仮説を唱えた。

このことは今実証認識の範疇に入ろうとしている。

人は神の領域に達しようと真理を追い求めてきた。

古代メソポタミア文明、エジプト文明、インダス文明、黄河文明は遺跡にその痕跡を残しているし最近はメソアメリカ文明の遺跡にも足跡を見ることが出来る。

エジプト、ギリシャ、ローマ、中国、インド、中南米にその多くを見ることができる。人々は大地の恵み、太陽の恵み、夜空に輝く月や星座から人間の日々の営みの原理原則を追い求めていったに違いない。毎日繰り返される生きるための営みの中から、その多くの事象を認識してゆくことになる。

その中にあって知識を蓄えることのできる階層の人間が徐々に形成され、やがて「存在のパラドックス」が詰まったパンドラの箱が開かれ、人間社会を良くも悪くもすることになった。

体系的に今日まで伝えられている「古代ギリシャ哲学」はまさにその始まりであろう。今を遡ること三千年前から人々に語り継がれたギリシャ神話は、なんと「宇宙生成の物語」「神々の物語」などからなる。

私たちはどうしてここにいるのだろう、太陽や大地、きらめく星座はどうして存在するのだろう、宇宙の始まりはどんなだっただろうか。人間の考えが及ばないところは、創造主としての神々の物語につながっていったと思われる。

時のギリシャ人の中には、やがて創造主を超えた「宇宙の成り立ち、存在の構造」に思いを巡らすように、神々の権威から解放された自由な人々が現れてきた。これがいわゆる「哲学」として発展してゆき、今日の文明社会の基礎となっているのだ。

ところで宇宙の始まりにビッグバンがあったといわれている。

その証明の一助になる実験がスイスで開始された。重さの無い素粒子に、

「ヒッグス粒子」が衝突して質量をもつ物質ができたという証明実験だ。ビッグバンの瞬間に存在したといわれる「素粒子ヒッグス粒子」を人工的に作り出し存在を確認する実験なのだそうだ。

大型商談の思い出

大きな商談が舞い込んできた。

当時大型商談に通信回線を使って制御する野外掲示板があった。

意欲ある部下が市内の業者から受注見込みがあると相談を受けた。何とそれが一億円の超大型商談で、しかも設置先が大阪にある吉本興業のビル入り口という途方もない内容だった。

LEDを使った大型野外掲示板は家電業界で有名なシャープが製造しているということで開発製造現場を訪問して仕様等を確認して現地に設置可能を確かめることから取り組んだ。

他の支店エリアに設置することの了解も困難を極めた。支店長と相談してこの商談を進めることになり、契約の運びとなったが、地元の業者では一億円のリースを組めず、北銀リース社長とは支店長と私の保証で仮契約を結ぶことで了解してもらった。

最終的に吉本興業とのリース契約で商談成立、工事を完了した。お披露目は吉本興業主催で担当の部下と支店長、私の三名も招かれて大阪吉本興業ビル地下のホールで盛大に執り行われた。吉本の芸人も余興に出演していた。記憶に残っているのが裸でおなかをたたく芸人であった。

その後大阪に行くたびに玄関にある大きなLED掲示板を見たが、ある時吉本喜劇を鑑賞に行ったとき、地下のホールにその大きなLED掲示板が活躍していた。

イオックス・ヴァルト

それまでも営業で様々な会社を訪問してそれなりの責任者や、経営者と話す機会に恵まれた。ＮＴＴのネームバリューはさすがだなあと感じることができた。おかげで他社の電話設備をお使いのお客様からもＮＴＴの電話設備に取替えて頂くことも出来たように思う。

社内体制が変わり、マスユーザを担当する部門で三十人程の部下を抱える一方で、販売店も支援することになった。

大きな事業所を訪問することは無くなったが富山電信電話ユーザー協会と一緒になった活動が出来る様になり、富山県中小企業中央会とお付き合いが始まった。そこの事務局長と昵懇になり退社の時はユーザー協会支部長と事務局長の三人でじっくり飲むまでになり、富山県中小企業中央会にはその後地元で立ち上げたイオックス・ヴァルト企業組合設立にあたってもお世話になった。

イオックス・ヴァルト企業組合は地元にできたスキー場に併設された宿泊施設・コテージを運営する指定管理者として四人の有志により設立された。地元の安定した雇用先として福利厚生と社会保険の充実を図るため任意団体から企業組合に組織替えをしたわけだ。施設管理料は一切もらわず全て自己資本内で運営して二十年を超えた。地元住民十数名の雇用先として全員で労力と知恵を出し合ってバーベキュー施設を拡充するなど経営も順調で、いずれは皆で海外研修もしよ

イオックス・ヴァルト

うとの意気込みであった。

しかし時の市町村合併に伴う私の行動がきっかけで、役員としても組織から遠ざけられる羽目になった。籍を置きながら出入り禁止で十年が過ぎ、創設時の役員半数が亡くなったある日、従業員から電話があり「今の組合長ではやっていけない」という内容だった。

事務所に行くと組合長は不在であった。実質の役員として残されたのは私一人となり当面の運営を指示する一方、南砺市の関連担当課を回り対策にあたった。

コロナパンデミック直前の時期も重なり企業組合の解散手続きをするまでになったが、アローザスキー場側から存続してほしいとの意向もあり、従業員のみんなとも話し合った。男性従業員の二人を新たに組合員に募り、アローザスキー場の社長が組合員に加わることでアローザスキー場社長兼イオックス・ヴァァルト企業組合長の新体制で再出発することになった。

条件として前組合長は組合から去ること、帳簿に残っている一千万円近くの債務は債権者が債務放棄することであった。債権者の旧組合員役員は呑むことになった。

新体制になりイオックス・ヴァルト企業組合はコロナ禍を乗り切った。理事として残った私は最初の年は心配で時々事務所を訪問していたが昨年の総会を最後に理事を退任して静かに見守っている。

医王村

平成三年に医王山にスキー場が完成した。福光町と地元西太美の将来を展望したイオックス・アローザスキー場である。

医王山で積雪が一番多い西太美村有林の上部ツンボリ山から牧場などに開墾された荒山平周辺がコースとなった。

土地買収費が一億円を超え、村民の懐に入ることになるが、これを西太美振興基金にする意見は通らず個人に配分されてしまった。

せっかくできたスキー場に地元の住民による施設を作ろうと呼びかけ一口五十万円を出し合った食堂施設「医王村食堂・ドルフ」が完成したのは翌年である。

有志の方四三名・四六口・二三〇〇万円で設立された任意組合「医王村」である。スキー場の隆盛もあって売り上げも一千万円を超えた。

毎年の総会ではそれなりの記念品も出すことが出来たが、平成二十二年組合員の皆さんに出資金を全額お返しして幕を閉じた。私が最後の組合長になった。

施設の有効利用も考え共同運営していたイオックス・ヴァルト企業組合に運営を委託していたが、当のイオックス・ヴァルト企業組合にして時あたかもコロナ・パンデミックスの前兆、スキー場経営と一体化に向けた運営方針で医王村は切り離された。残された施設を地元のシャクナゲ同好会に無償提供していたが固定資産税の負担と、南砺市への借用地返還にあたっては更地にする費用等が発生することを踏まえ、市と協議して令和三年の末に一切の清算を終えた。

医王村の名前だけはなんとか残したいと思っている。

戦争の傷跡残るカンボジアと平和な日本

国道３０４号線沿いにある本屋とコンビニ店、食堂を経営するお店にお米を収めていた。そこの駐車場は広く、頼まれてお盆に菊の花も並べていた。

ある時年間を通した直売所の出店計画が持ち上がり、それまで別な場所で週一の野菜直売所を運営していた仲間たちにも話しかけ営業を開始した。運営はすべてコンビニが行うことで地域に定着しつつあった。ある時直売所から連絡があり、福井のすし店へお米を収められないかとの内容である。

なんでも直売所で買ったお米が寿司米に合うので新潟のコメから切り替えたいとの話であった。そのお米が我が家のお米である。それからは福井のお寿司屋さんとの取引が最近まで続いた。そんな仲間から「ＮＰＯ」を作らないかと持ち上がった。中心となったのがいろんな経歴と人脈を持った辻野さんであった。子供たちを支援する「ＮＰＯ福光」の発足である。

小学校の子供たちを中心にした野菜つくりや、米つくり、工作教室などが年間を通じて取り組まれる。又内戦が終わって間もないカンボジアの子供たちに学用品を送る運動も始めた。これには岡山に本部を持つ「ＮＧＯ」とも連携を持った。彼らはカンボジアの広大な敷地に戦争犠牲者の家族などを擁護する施設や学校を経営している。私も何度かカンボジアを訪れた。

昨年夏カンボジアを訪れていた。薄暗いうちに宿泊先を出て、アンコールワットの前に立っていた。神々しい情景に出会える時間が来た。神々の塔にかかる天空をゆっくりと現れる日輪から注ぐ光線は、人々にそそぐ。

今日は、内戦で疲弊したカンボジアの子供たちが通う自由学校へ、学用品を持っていく日だ。日本のＮＧＯが運営する自由学校には、両親を亡くした子供たちや貧しい子供たちが集まってくる。日本人のボランティアが半年ごとに数人滞在して運営している。子供たちは懸命に生きている。戦争の犠牲になった家族が寄り添って暮らす施設もこの「ＮＧＯ」が担っている。ポルポト政権下の内戦で片足を亡くした大人や何らかの障害を持った大人たちは周りの畑を耕していた。

子供たちは敷地の中にある池に魚がいると言って網を撒いて捕ってくれた。市街地近郊にある戦争記念公園の一角に高さ二メートル近い記念碑があった。上半分が透明な器に覆われている、なんとその中には人間のおびただしいしゃれこうべがぎっしりと重なり合っているではないか。そこから市街地に入り交差する大通

りを列をなして歩く学校帰りの子供たちに出会い、その子供たちが築く平和国家を確信した。

そんな旅を終えて迎えた新年にあたり、年賀状をしたためている。

還暦が過ぎ、さあこれからの計画を十年単位であれこれ悩んでみた。ふと、いつかお迎えが来る日もあるかもしれない。時間がない。そんなとき、般若心経を読む機会があり、仏教の真髄を二百七十四文字に表しているその中に「無老死、亦無老死尽」とある。私なりに「いまここにいる私も、大きな宇宙の輪廻の中で、未来永劫、同じ私であり続ける」

若き日に「昨日の私と、今日の私の連続性」について問い続けていた答えと納得し、年の初めにあたり、改めて老前納得計画をたてる。

ひとつ、私をこの世に蘇生させた親と、できるだけ一緒にいよう。

ふたつ、連れ添ってきた妻とは、お互い心の負担をかけないようにしよう。

みっつ、子供たちの未来を、壊さないようにしよう。

いま、改めて人間社会の連続性を問う時、ささやかな三つの計画を、他の手本となるよう実践していこう。

平成二十年一月初日

なんと小市民的な、ささやかな年頭の挨拶。

エリートと大衆

二〇〇四年と記してあるノートを開いている。

壮年会役員会タウンミーティング企画。合併・私たちの住む町の発展と展望・私のアイデア・嫁さんが来ない、どうして、ぜひ来たい・そんな町にこうすればできる・私の意見、私の行動・ページ最後に懸賞募集でみんなの意見を。今の市町村合併は羅針盤のない船出のごときではないか…。

当時の私は福光町壮年会連合会の会長であった。

さらにページをめくると、昭和五十四年、一九七九年に設立された松下政経塾の趣意書が書き写されている。「我が国は戦後経済を中心として目を見張るほどの急速な復興発展を遂げてきた。…国家百年の安泰をはかってゆくためには国家国民の物心一如の・・・真の繁栄・平和・幸福・・・貢献する・・・」この格調高い趣意書を今も心に刻む。

驚いたのは次のページである。

「オルテカ」の表題で次の説明文が続く。

エリートについて

「断れば断ることのできる特別の社会的責務を敢えて受諾する者である。自分に要求するところ多く、自分自身の上に困難を積み重ねる者である」

大衆とはなにか。「みんなと同じ、と感じそれで不安を感じなく、他人と同じと感ずることに満足するものである」エリートと大衆の違いはあくまで精神的なものであり、学歴でも肩書でもない。おなじ人が意識の差によってエリートと大衆になりうる。「籠に乗る人担ぐ人、そのまたわらじを作る人」の有名な格言で終わっていた。

冒頭の表題となった「オルテカ」の語源には記憶がない。そこでネットで検索したら思いもよらぬ内容だった。

オルテカとは、特撮テレビドラマ「仮面ライダーリバイス」の登場人物。悪魔崇拝組織デッドマンズの幹部の一人で、鮮やかな緑の派手な衣装を身に纏う青年。ギフの生贄に相応しいと見込んだ鬱憤や悪意を抱える人間と接触し、唆すのが主な役目。「オルテカ」二十年前こんな言葉があったのだろうか、しかし世の中には昔も今もこのような「オルテカ」がなんと多いことか。人間の鬱憤と心の弱さを巧みにもてあそび「ギフ」の生贄に捧げる「オルテカ」は今日も人々の中に跋扈している。

これを書き始めて改めて「オルテカ」の語源がひっかかった。仮面ライダーシリーズは一九七一年からＴＶ番組で始まっているらしい。

自分には興味なく観ていない。普段の生活をしている青年が無敵の仮面ライダーに変身して人間界を襲う悪の組織と戦うヒーロー物語であるらしいが、「オルテカ」の名前は二〇二一年に紹介され二〇二三年から物語に登場している。

これはあくまでネット情報であることをご了解いただきたい。となると二〇〇四年のノートに書かれた「オルテカ」、「エリートと凡人」の定義は、その出処が非常に気になる。

「オルテカ」の疑問が解けたぞ

この原稿がほぼ出来上がったので見識のある方に読んでもらいたいと思い巡らしていたところ、近所にいらっしゃった。

近所に移住された大阪教育大学の渡邊昭子元教授にこの原稿を自費出版したいと厚かましくも相談した。(同氏は一九六七年生まれ。大阪教育大学教育学部を今年退職。現在、富山県南砺市にて晴耕雨読の日々、二〇二三年七月にミネルヴァ書房から『ヒゲの文化史』を翻訳出版されている) ひと月程して感想を含め面白いんじゃないいと原稿を返された。

その中に「オルテカ」は、二十世紀を生きたスペインの哲学者で思想家の「オルテガ」の間違いと教えていただいた。(ホセ・オルテガ・イ・ガセット、スペインの哲学者。主著に『大衆の反逆』一九二九年) 早速『大衆の反逆』(岩波文庫、佐々木孝訳) を手にした。読み進めるとあった、第一部の密集の事実の中に「大衆とはおのれ自身を特別な理由によって評価せず『みんなと同じ』であると感じても、そのことに苦しまず、他の人たちと自分は同じなのだと、むしろ満足している人たちのことを言う」。一方『選ばれた少数者』として「自らに多くを要求して困難や義務を課す人」と述べている。当時オルテガの本を読んだ記憶はないが当にこれだ。

当時の私は何らかの形で世直しできないか挑戦的に悩んでいた時期でもあった。

その年の町議会議員、次年度の市議会議員選挙と二度の選挙に「ドン・キホーテ」よろしく親しい友人と挑み、見事「大衆の反逆」を味わった。そのことが生半可であった世の中への接し方を見直す絶好の機会となった。座右の銘である「いつも反省し、忍耐強く真理を探究する仲間」を得るために世の中の柵からできる限り自分を解放することにした。

農民になった

五十五歳の年の瀬、三十年以上勤めて現在何十人もいる部門を管理する立場にいる。いろんな経験をさせてもらった会社であり、有難く感謝している。

営業で地元の食品会社を訪問したことがあった。社長は国鉄民営化を機会に退社、自力で会社を立ち上げた方で、近年自宅隣に新社屋を建設、従業員二十人くらいの食品加工会社で奮闘されている。帝国データバンク資料では、売り上げ十億くらいの同族会社である。

最近、役員になってくれないかと誘いを受けていたこともあった。

そんな理由は後からついてきたが、妻に退職の話をした。妻曰く、「朝早くから夜遅くまで、毎日富山へ百キロちかく車で通う人生も、大事故にあう前にいいんじゃやない」と、意外にあっさり。実は大きい声では言えないが、三十年近くの車通勤で、免停事故も何度か起していた。区切りがついた。

会社の同僚やお世話になっていた方、友人にも相談しないで、急遽退職の意思表示をした。年休も沢山あったので、在職中にと、娘二人を誘って十日程のヨーロッパ旅行を計画し、フランスを中心にした楽しい思い出が出来た。ただ一つ、子供たちがパリ市内でショッピングを楽しんでいる間、自分はルーブル美術館を見学したのであったが、その途中腹痛に見舞われて、ルーブルのトイレで長時間過ごす羽目になったことは、後の語り草となった。原因は昼食でフランスではこれぞと、レストランで食した、ムール貝の盛り合わせであった。

同じような笑えない事態は、中国湖南省にある、洞庭湖観光で出された料理を食した後にもあった。大皿に盛られた一匹の大型淡水魚を、美味と箸でつついて食す。同席の者は誰も手を付けなかった。食事の後、確か岳陽楼見学だったが、下痢に見舞われ、近くの「ぽっちゃん便所」に籠る羽目になった。当時の中国では、排泄物がそのまま水面まで直下するのである。

翌年三月に無事退職、失業保険の手続きも完了した。ところが、この手続きは徒労になってしまう事態に気づく。当時地元のイオックス・アローザスキー場に隣接する町営コテージの指定管理者、イオックス・ヴァルト企業組合の理事になっており、これは失業保険給付条件に沿わないと気付いた。後日改めて、砺波公共職業安定所に失業保険失効手続を申し出た次第であった。四人で始めた企業組合に顔を出す傍らから、南砺自動車学校へ入校して大型免許と、大型特殊免許を取得した。

念願の、農業ができる環境つくりに取り組んだ。それまで近くの専業農家に、耕作の一部を依頼していたが、自前でするため、トラクター、田植機、コンバインは基本農機具と整備した。乾燥、籾摺り機械を増設、設置するための納屋を新たに建て増す。機械はできるだけ中古品を知合いの農機具店に依頼して、費用を抑えた。納屋は親戚の工務店で施工してもらった。農地の拡大をしなければと、借りたり購入したりで、自分の農地と合わせて目標の二ヘクタール余で、次年度の春から耕作する目途がついた。

その年の年賀状には「晴耕雨読」の文字と鍬を持った姿があった。

それに以前年賀状に書いた決意の一つに、私をこの世に蘇生させた親とは、できるだけ一緒にいようと宣言していたことも、年老いた親を見て、退職を決意させたのである。親から農業について素朴に教われば、共に幸せであると思えた時であった。

二〇〇八年七月一日、山の田んぼには、稲に負けじと稗が蔓延っている。自然に抱かれての、農作業が今日も続く。

稗取りに　らち転がして　したる汗
　鶯の声　また力強く

いつまでも　耕せるかこの田畑
　思い込めて今日の一鍬

雑草と名の付く草はないけれど
　一つひとつに生える意味知る

さらに続く農作業

らちの跡　おさえし稗も稲穂より

高き背となる無情の穂先

水害

川溢れ　土砂被れし稲田にも
穂たなびけど刈取りならず

川溢れ　土砂被れし稲田眺め
もったいないと穂先手で刈る

晴耕雨読、何とも絵にかいたような時間が過ぎてゆく。

農業者の現状

私は五ヘクタールの農地に稲作を営む認定農家です。米は農協への出荷が大半で、友人知人からの注文は縁故米として一割ほどです。

米の販売額は四百七十万円、減反政策により三割を加工用米等で出荷しますが水田活用直接支援金と中山間地交付金等の補助金が百三十万円ほどあり合計六百万円の粗収入になります。

ここから生産原価を支出するわけです。種苗費・肥料費・農薬費・動力光熱費（燃料代等）・籾の乾燥調整費・農地の地代（三ヘクタール）それに機械の修繕費等で四百万円くらい、残るは二百万円で租税や共済金等の共通費を差し引けばトラクターや田植え機・コンバインの減価償却相当額が現金として手元に残ります。五ヘクタールの中山間地を抱えた耕作と農繁期には人の雇用も必要です。

私の作ったお米を食べて美味しいと言って下さるのを励みに続けていますが、後継者に無理強いはできません。
誰もが仙人にはなれません。

どうする農業

現在の農政では人手不足の解消策、若者をいかに就農につかせるかを視点に

一・農地の集約化・大規模化
二・スマート農業・農業ＤＸ
三・労働条件・就労環境改善
四・農業の働き方改革

それに加え、技能実習生の受入れ拡大を掲げています。
現場実態からすれば農業者の「生活」がいかに確保されるかが見えてき

ません。いまの農政の唱える視点で進められた近未来は生産性の高い特定地域での大規模農場が特定資本の下で生き残る日本の農業になるのではないか不安です。食料の寡占化が進み食料品価格の不安定化が進むのではないかと思います。

私の試案

まず収入を今の倍にすればサラリーマン並みの手取り収入になります。単純にお米の生産者米価格を二倍にする。過去の食管制度はこれに似ています。

農業者を特定公務員として一定の報酬を支払う。

政府が唱える食糧安保を担う特定農業者を、自衛隊と同じ国土防衛任務と位置づけることで国民の理解を求める。若者の新規就農はぐんと増えると思います。

日本国民の主食を「お米」中心とした食糧政策をとることで少なくとも五〇年前の食料自給率七〇％は実現できます。飢えから国民を守ることが国家の大義であると訴えたい。

夜明けと農作業

語り始めてかれこれ三週間、まだまだ語りつくせない千夜一夜物語でありますが、今日は三月十日。外の雪はすっかり解け、外気も二〇度近くになっています。

トラクターの音が聞こえて来る時節、取り付けられた畔塗機は高速で円盤を回転させ、元の畔に新しい土を押し付けながら、しかしゆっくりと進んでゆきます。

まっすぐな新しい畔が光っています。

すっかり少なくなった農業者、三十軒ある当地区で四人足らずになりました。

農業をやると決め、市に認定農家の申請をして八年目になりますが、どうも最高齢みたいです。

それでも昨年、稲刈りするコンバインを数百万で新品購入したことでもあり、今暫くは続けます。

知人、子供たちから、じいじの作った米は美味しいと言ってくれることを糧に、今年も米つくりにいそしみます。

私の道楽は魚釣り

子供の頃の思い出。

背戸に生えていた手ごろの竹を切り、穂先に母の裁縫箱から頂いた木綿の糸を巻き付け、片方の端には、じいじの箱から頂いた釣り針を結んだ手製の釣り竿をこしらえた。そこいらの肥え泥を探ればミミズがいっぱい採れ、魚の餌になる。近くの小川ではバイクソが良く釣れた。ウグイではないので美味しくなく持ち帰ることはなかった。

食料となるのは、じいじお手製の竹で編んだブッタイを使ったどじょうすくいである。

親父とあちこちの用水をさらえたものだ。寒魚をご存知でしょうか、寒の時期小矢部川の葦の生えた浅瀬を、例のブッタイを使ってすくうのだ。親父が上でブッタイを足で踏み、子供の私が下から足をバタバタして魚を追い上げると、親父がすくい上げたブッタイの中には銀色に光る小魚が跳ねている。ウグイの稚魚だ。その晩の夕食には母が作ったウグイの卵とじが食卓に並ぶ。凍えた体の芯を温めた。

就職先の同僚が鯉釣りにはまっていた。誘われて買ったのが九メートルの竹でできた継ぎ竿。リールも取り付け、鯉釣り専用で針が何本も付いた吸い込み針を内に、練り団子で固め、ため池やダム湖のポイント目がけて投げ入れる。時には夕方から朝方まで先についた鈴が鳴るのを待ち続ける、気の長い釣りである。

鈴の音で鯉が餌に食いついたことを知らせ、あわせに入る。

道糸が張り、竿がしなる、専用の太鼓リールを、相手の動きに合わせて巻き取る。近くに姿を見せればタモですくい上げる。この感触が忘れられずあちこちのため池やダム湖を巡った。一度に投げ込む竿も増えていった。

設計のデスクに新しい係長が赴任した。富山湾の浜近くに住む氷見の人で釣り船を持っていた。海釣りに誘われることもあり、船釣り専用の短いリール付きの竿を買った。キスやイイダコが素人の自分に合った釣りで早朝からの船出が多かった。その影響で富山湾各地の浜からの投げ釣りにも挑戦することになった。

少し長い硬調の投げ竿の糸先に天秤状の赤い鉛の重りをつけ、縦に複数の針の付いた釣り糸を回転するスナップサルカンで結んだのがキスやカレイの仕掛け。餌のゴカイをそれぞれの針に丁寧に通して、大型スピニングリールの付いた投げ竿を後ろに掲げ、小走りで少し駆けながら前方の波間に勢いよく遠投する。重りが砂地に着くのを待ってスピニングリールをリズミカルに巻き上げていくうちに釣り糸に沿わせた人差し指にククッとあたりを感じたら、竿をぐっと上にあげ食い込みを確認しゆっくりリールを巻きあげると波打ち際に二十センチ位のキスが跳ねる、時にはダブルで来ることもあり、はまってしまった。

新しく着任した課長は神通川の近くから来た人であった。

小さい時からアユ釣りをしていたと話す。私の家の近くには小矢部川が流れており、近所の魚屋の主人が小矢部川漁業協同組合の役員なので職権で鮎の稚魚を放流していると話すと、意気投合、早速アユ釣りに来ると乗り気満々。私もアユ釣り道具一式を揃える羽目になった。これが結構物入りだった。

小矢部川には漁業権も設定されており、入漁料を支払って一緒にアユ釣りを始めることになった。釣り方は、生きたアユを泳がせて釣る友釣りでした。初めてのアユ釣り、先生は当然上司の課長、囮のアユは近所の魚屋にお願いして準備した。生きたアユの鼻に鼻官を通すことから掛け針の取り付け、逆針打ち、初めての事ばかり、おまけに生きた囮アユを川の瀬に泳がせ、ポイントに沈めるなど神業に近いと思った。ところが先生、仕掛けを川におろすや、ぐぐーと竿がしなり、ひょういと竿を上げれば待ち構えたタモの中に生きたアユ二匹が吸い込まれていく。アユ釣りを始めた初日の事だ。

コーヒーが好きで休日には町の喫茶店に通った。

その一軒にトニーというお店があった。そこのマスターは大の釣り好きで釣道具も販売しており、釣りの仲間で店は賑わう。最近ルアーフィッシングが流行っていて、北信越大会が庄川上流の五箇山で開催されることが決り釣り仲間も参加しようと盛り上がっていた。私にものらないかと持ちかかる。ルアーフィッシングなんぞやったこともないが話を聞けば興味が湧いてくる。生エサを使わない毛ばり釣とよく似た釣りで、魚の生態に合わせた金属製の疑似餌を使った釣りだそうだ。早速必要な道具一式をトニーに注文して大会参加申し込みをする。当日は大会本部が置かれた五箇山の菅沼集落に前日から民宿泊りの北信越のルアー釣り仲間が大勢集まり賑わっている。私たちのグループも前夜から泊まり込みで懇親を深めていた。

川の中に入っての釣りが多いのでみんなウエットスーツを着用、二段継ぎのカーボンロットにスピニングリール、ルアーは各自の秘密兵器である。戦場の庄川は上流と言っても幅五〇メートル以上で流れもゆったりの深みから流れのはやい浅瀬もあり変化に富んでいる。

ターゲットはニジマスである。

ニジマスは放流魚でこの川の放流歴は古いと言われた。よく釣れるのは三十センチ前後とのことである。噂ではお化けニジマスがいるらしいが、まだ誰も釣ったことがないそうだ。早朝からの大会で各自思い思いのポイントでルアーフィッシングが始まった。釣り仲間と大きい深みで、流れが入り込んだポイントを選んだ。

二人は何十回もルアーを流れに投げ入れては、巻き上げるルアーフィッシングを繰り返した。ポイントも少しずつ変えていった。繰り返すこと二時間ぐらい、その時自分の竿がグーと引っ張られてスピニグリールから糸がジーと繰り出した。竿がしなり夢中で体制を保って流れの緩い浅瀬の方へ持っていこうとしたが一向に意に沿わないこと半時、仲間も気づいてタモを片手に伴奏してくれる。ようやく糸先の物体が見え、浅瀬に寄せることに成功した。

仲間のタモに頭から入ったそれは胴半分をはみ出し虹色のうろこ肌を光らせていた光景は今も覚えている。それは九十センチ近くのニジマスであった。両手で抱えて大会本部に持ち帰った時のみんなは一斉に驚きの声を上げた。北信越ルアーフィッシング大会は大いに盛り上がり閉会式では見事栄冠を授与された。

小矢部川にそそぐ谷川は岩魚の宝庫で、じいじも若い時には自分で岩魚用のテンカラを編み村の若いもんと一緒に夜川なんかで岩魚漁をして、みんなと酒盛りをするのが楽しみだったと言っていた。本格的にいろんな魚釣りをするようになってからそんな話を思い出して岩魚釣りに挑戦し始めた。もともと単独行動が性に合っていたので、静寂の釣りと言われる岩魚釣りには適任である。準備は簡単、短い継ぎ竿に細い水糸、小さめの釣り針に噛み潰しの鉛の重り、餌は川の石をめくれば川虫が取れる。なるべく先客のいない谷川に静かに近づき、川水が岩を落ちて溜まりになったところや、そこから脇に流れこむ瀬に竿をそっとかざし釣り針に刺した川虫の足が元気に動くのを確かめて落とせば、どこからともなく岩魚が飛びつく、ここで竿先をひょいと上げれば岩魚は宙に浮いて岸に落ち跳ねる。

若い時には雪の少し積もっている谷川を好んで釣りに出掛けたものだ。人の足跡が確かめられる自然条件と餌を待つ岩魚が確実に食いついてくるからである。

ＮＴＴを退社して農民になってからは、アユ釣り以外は行っていない。春から秋にかけての農作業でそんな時間的、精神的な余裕が持てなくなったのだろう。だが六月中旬解禁のアユ釣りだけはしばらく続けた。浜松に嫁いだ娘の婿殿が年に二回ぐらいわざわざアユの友釣りに訪れるのである。彼の道具一式は当然準備してある。庄川で一緒に竿を並べ、釣ったアユは夕方のバーベキュウや夕食の塩焼きになり、孫二人と娘夫婦を交えた会食が始まる。

妻の作った郷土料理も交えての団欒は毎年の楽しみになっていた。五年くらい前になろうか、竿も傷んできたので新しい友釣竿二本を新調した。娘にもそのことを伝え、楽しみにしていたがその年、六月の解禁日の翌日に川で転び怪我をしそうになった。竿をとっさに支えにして助かったが、その竿は折れてしまった。

妻からは大叱責で釣りの禁止令が発令された。折れた竿は長年愛用の竿であった。ちょうど婿殿も忙しくなりそれ以来アユ釣りには行っていない。

二本の新しい友釣竿は箱に入ったまま他の釣り道具と一緒に納屋の二階にしまってある。またまた、無駄は文化のバロメータを地でいった。

第二部
真理を映す完全な鏡を求めて

阿呆が書いた千夜一夜物語

その昔、処女と結婚しては翌朝処刑するペルシャ王の愚行をやめさせようと嫁いだシェヘラザード王女は、夜を通して王の興味を引く話を続けた。続きを聞きたい王は次の夜もとねだり、千と一夜続き、子供が出来たシェヘラザード王女は処刑を免れることが出来た話。次々に語られる人を飽きさせない絶妙な展開は、世界の人々を虜にする。「アリババと四十人の盗賊」、「シンドバッドの冒険」や「アラジンと魔法のランプ」は誰もが知っている話だ。

さて、これからお読みいただく物語は、シェヘラザード王女が語ったように、王様におねだりされる内容になりますか、皆様の心にお届けできますように。

止むことのない戦火、人々を救うはずの宗教の限界、国家は暴力装置と化し国民のささやかな望みも打ち砕かれる。姿を変えながらいつの時代にも突然現れ、人々をパンデミックに貶める未知の病魔、そして大自然の軋みは大地を引き裂く。初めに暗い出来事ばかり書き連ねたが、しかし太古以来「神の子」として銀河の片隅に営む人類は、「考える葦」となり、飢餓の克服、社会活動に必要なエネルギーの確保、ここに至り新たなる大地を求めて銀河に飛び出す一歩と、思い描いてきた理想の郷を創りつつテクノロジーの分野では飛躍的に神の世界に昇華している。だが冒頭にあげた多くの悲惨な行為は、人間の内面からくる不祥事が根本原因と断言できます。人類の草創期から多くの預言者、哲人が説いてきた摂理であって、理想の人間社会はいまだ望めないでいる・・・アラジンの魔法のランプならぬ「真理を映す完全な鏡」を求めて旅に出発。ではこれから始まる「阿保が書いた千夜一夜物語」を読み進まれんことを。

考える葦

昨年『一三七億年の物語・宇宙が始まってから今日までの全歴史』（文藝春秋発行、クリストファー・ロイド著、野中香方子訳）を手にして読む機会があった。

５０６ページの分厚い本であったが、改めて歴史に学ぶことのできる人間の偉大さに驚かされた。同時に、人類が誕生して以来の歴史は、文明と文化を開化させてくると共に、差別と抑圧が支配する社会であると改めて感じた。

飢餓のない平和な社会が人類の歴史には今まで一度も語られていなかった。人々はいつの時代にも飢餓のない平和な社会を望んでこなかったのだろうかと、素朴な疑問が湧いてくる。

人類の歴史は一三七億年前に、一瞬のうちに始まった無限のエネルギーに満たされる宇宙開闢のほんの一コマに過ぎない。宇宙銀河の片隅にあった塵から、偶然造形された太陽系惑星の一つ地球、そこに又偶然誕生した生命の進化が生み出した人類は「考える葦」(フランスの思想家パスカルの言葉で、彼の著者「パンセ」に記載されている)にたとえられる。

大自然に翻弄されるか弱い人間だが、思考力に優れて挑み続ける存在であるとしている。

「開け胡麻」の呪文で

「真理」の扉開門、仙人になる。

それまでも幾度となく思い描いてきたことであったが何かおこがましく、手がつけられなかった。と言うより何事も先延ばしするのが性分と、連れ合いには常々愚痴られています。

書き出しから「真理」なんて超重い言葉を持ち出してしまったが、かれこれ六十年位前から常に心の中に響いているのです。凡人のぼんくら頭のか弱い男が、決して人前で話せることではないのですが。

これを手にされた方は、皆さんも心の片隅に少しはお持ちではないでしょうか。思いを吐露するチャンスは何度かあったように思います。ベトナム戦争最中、反戦・平和を叫ぶ全学連、新左翼運動、べ平連の小田実氏の名前が懐かしい。全電通青年部活動、海外青年交流会活動、地元での青年団活動、地元有志で立ち上げた「福光ネイティブ・トラスト」活動は今も続いています。様々な運動、人との交わりの中にあっても心の響きを止揚、アウフヘーベンできずにいました。

大衆の心を知るのは「選挙」が一番と、ドン・キホーテとなり二度の試み。全国を覆った市町村合併の流れは法外な補助金を前に節操を捨て雪崩を打って押し進む。止まれ、数十年前に経験した市町村合併を検証しているのか、この形が地域の発展に寄与する形なのだろうか、私たちのグループは市民に問う運動を展開しました。

審判は各地域の市民の手にあります。

それを決める議員選挙が始動。すべての候補者が地区代表の中、具体的な政策をリーフレットにしたため特攻出陣。気が付けば運動を共にした仲間の影はまばらで、親戚と僅かな賛同者、同級生数人と妻が支援の要。ドン・キホーテ構わず、これからの社会運動に備え街宣車一式を自前で購入して戦いに打って出た。地元からは自治振興会お墨付きの候補者が威勢よく出陣している。相当慎重に考え抜いた政策をしたためたリーフレットも全戸に配布した。他の候補者のように拝み倒すことの偽善行為ははばかられた。時経たずして目論見通りの完敗でした。

　おかげで人との関りを極力少なくする口実にもなり、友人には「仙人になる」と宣言しました。それから十年余り、近年のコロナ・パンデミックも幸いして仙人生活も佳境に、そんなときに起きた事件がありました。

巷に溢れる割れた真理の鏡

一昨年の衆議院総選挙佳境の最中、「統一教会」に関わる世紀の大事件が起きました。信者家族による「日本の安倍元総理大臣」の襲撃事件で、その根深い真相が人々の知るところとなった。

韓国発のキリスト教系新興宗教で、日本では「世界平和統一家庭連合」の教団名で活動、家庭を崩壊させるような高額献金問題を起こしている事実が再認識され、国会でも連日審議案件となっている。

そんな宗教が日本人の中で本当に信じられ、生きる心の支えとして、信者は日々の生活を営んでいたということである。所謂それら「宗教」にはそんな力が潜んでいることをいまさらながら再認識された。

「オルテカ」の影がみえかくれしている。

人間が生きる縁に信仰心を持つことは人類誕生に始まり不変な歴

史がある。文字のない時代の検証は三十万年以前からの遺跡にある人骨の埋葬にみられるが、やはり人間にとって「死」を知ることは、大自然の畏敬の念とともに信仰心を芽生えさせたと想像できる。やがて人々は生死に始まり、日常の「生活」、自然の関りと、人間集団経営の物語を創造し、文字による記録として伝えている。天地創造、死後の世界、人々の「生活」に人智を超えた「神」を迎えることは宗教の創始者、指導者が人々に明示できた必然であった。人類誕生に伴う文明発祥の地域から、おかれた様々な環境を織り交ぜながら「神の啓示」として浸透してきた。時代とともにヒンズー教、ゾロアスター教、ユダヤ教、ジャイナ教、儒教、仏教、道教、神道などが民族、地域、国家を基盤として信仰されてきた。中でも現在世界的には、ユダヤ教を祖とするキリスト教とイスラム教徒の二つの後継信仰の信者が多数を占めている。

近世ガリレオ時代の「天動説、地動説」、中世では十字軍、魔女狩り、世界の歴史は人間社会の矛盾を私たちに示すかのようである。宇宙誕生から百三十八億年の時間の流れを垣間見る事ができ、雑多な情報であっても短時間で人々の前に蔓延してしまう現世ではないか。数学の世界では「証明」が基本であると教わったし、物理、化学の世界でも基本である。ある意味では「真理」の「探究」そして「証明」が人類に与えられた課題と自分なりに確信している。思うに人類の歴史は「真理」の追究と称して「真理の破片」をむさぼり混乱に陥らせてきたのではないか。今ではパソコンの画面に「真理」と入力すれば数千年の人智から我々にその本質を垣間見させてくれる。だが気を付けなければいけないのは、それらの情報を鵜呑みにしないことである。

人類は生存のため多くの「真理の破片」を手にしてきたのではな

いだろうか。真理は一つと、それぞれの「真理の破片」で心を満たし、一方の「真理の破片」に遭遇した時、双方の「真理の破片」はジクソー・パズルの断片がうまくかみ合わないような不毛な軋轢を生んできた。

ここまで来ると何か青臭い青年の思い上がりのごとく思えるだろう。

まさに七十五歳のわたしはそんな思いに満ち溢れていた。

「真理を映す完全な鏡」の語源を求めて

ここで気になることが、「真理を映す完全な鏡」と「割れた真理の鏡」の出典である。

色々調べても分からず再び先の「オルテガ」でお世話になった渡邊昭子氏に相談した。

日本語での検索では引っかからず、英語での検索で一九七三年生まれのイラン人で映画監督・作家のハサン・ブラーシムの著書によく似た言葉が見つかった。ハサン・ブラーシム著、渡邊昭子試訳、イギリスで出版された短編集『イラク人キリスト』（二〇一三年刊。日本語の訳書には不掲載）より。

「あなたはジャラール・ウッディーン・ルーミーについて聞いたことがあると思います。一二七三年に死んだスーフィーのムスリムです。

ルーミーは言いました。

『真実は、かって神の手の中にある鏡だった。それは落ちて千のかけらになった。すべての人がその小さなかけらを手に入れたけれども、それぞれが完全な真実を手にしたと信じている』」

私が「真理を映す完全な鏡」について語ったのは、中学生の頃であるから一九六三年ころの話である。一九七三年生まれの作家が一二七三年に死んだスーフイーのムスリム、ルーミーの言葉として表している。しかも、ブラーシムはその後でもう一人の登場人物にルーミーの言葉ではないと言わせているのだ。私は誰から聞いたのであろうか。

戦争は続く、どうして

長く続いていたアラブ、中東での紛争からアメリカの軍隊は引き揚げたがイスラエルは隣国と小競り合いを続けている。

今も地球各地で、アフリカや東南アジア地域、ラテンアメリカにおける人々の武力闘争にも終わりが見えない。それらの土地で暮らす人々が望んだ戦いとすれば、その原因を他の手段で（殺戮兵器を用いない方法で）解決できなかったかと素朴に思う。

どう見ても普通の人々が用いる解決策だったとは思えない。平和ボケの日本人が言うかと、叱責されてもなお思う。

二〇二三年二月二十三日（余談ですが私の誕生日と重なった）でロシア連邦の隣国ウクライナへの軍事侵攻開始からちょうど一年が経過し、なお激戦が続いている。かつてのソビエト連邦を構成していた同じ民族、兄弟国家間での戦闘を長引かせていることにやるせない思いでいっぱい。

両国の戦闘員の被害も甚大、ウクライナの市民にも多くの犠牲者がでている。アメリカやNATOは殺戮兵器の供与をエスカレートし停戦交渉のきっかけは見えない。NATO陣営とロシア連邦が国境を接することに対する不安の歴史は影を落とす。犠牲者はいつも普通に暮らす市民である。

「国家は暴力装置」でもある。このことの意味は深い。個人の権利を守る、社会正義を維持する、国家の圏域を守る。結果として個人や集団間での思惑の違いで双方の様々な抗争にエスカレートする。

国家を構成する個々の人々が普段の生活を続ける中で、国家の暴力装置が誤った方向へ進まないようすることの困難なことは、歴史

がよく示しています。今も・・・

国家は領域と人民、主権により成立つといわれます。そこは人々の人権が保障され、衣食住といった日々の生活が営める空間であることが理想だと思う。

少なくとも今居る自分の生活領域にはその条件が整っていると感じている。

戦後の日本は先の敗戦により多くの教訓を学んできた。伝えて行かねばならない。

そんな思いのなか、地球の青い空の下では至る所で飢餓や砲弾が飛び交う現実が伝わってくる。ロシアのウクライナへの武力行使からわずか二百二十六日後の十月七日イスラム組織ハマスによる大規模な攻撃がイスラエルに向けられることに。イスラエルはパレスチナ・ガザ地域への攻撃を強め、双方の犠牲者は増え続けている。今、パレスチナの人々は二千年前のイスラエルの民の様に住む土地を追い払われている。

お互いの人々が持った割れた鏡は二千年の時を経ても同じ姿を映しているのだろうか。人類の英知は文明と文化を華々しく開花してきたのに戦争の歴史は終わる兆しが見えない。

海外で知った二度のテロ

一度目は、一九七二年八月二六日から九月一一日にかけて西ドイツで開催されていたミュンヘンオリンピックの選手村に、パレスチナのテロリスト組織「黒い九月」がイスラエル選手団を襲撃した事件である。当時、海外研修で西ドイツのニュルンベルグに民泊していた時期であった。他の研修メンバーとオリンピック会場へサッカー戦を観戦に行ったりしていた。帰国が九月八日に迫ったのでメンバー一行はニュルンベルグから、ハイデルベルグ、パリをバスで観光しながら移動したが、九月五日から急に検問が厳しくなりパスポートの確認はもとより、携帯品のチェックも厳重になった経験をした。またアラブ系とみられる乗客がバスから降ろされて係官ともめている現場にも遭遇した。半世紀前の出来事である。

二度目は、今も記憶に生々しい、九・一一アルカイダアメリカ同時多発テロが起こった二〇〇一年九月一一日である。

　この時はＦＮＴの仲間と中国ツアー旅行中、桂林にある鑑真和尚ゆかりの開元寺遺跡を巡り、翌日の漓江下りを控えて宿泊したホテルで遭遇した。夕食後部屋に戻ってテレビを見ていた時、突然画面が変わり高層ビルに飛行機が突っ込む画面が映し出された。

　中国語で伝える内容はよく分からず、そのうちビルが崩れ落ちるので横にいた得能氏とこれはドラマではないと語り合い、通訳の朴さんを呼

んで確かめると、アメリカで何か起こっているらしいとのこと。アメリカで起きた同時多発テロであると知ったのは翌朝であった。その後の中国旅行ではこの件に関してさほど話題にならなかった。

当時の桂林市内は土木工事中で一方通行や通行止めが至る所で見られた。アメリカのブッシュ大統領の十月訪問に合わせた突貫工事らしい。九月一四日に日本に帰国して中国で知ったアメリカ同時多発テロ事件の実情と、その後のアメリカのテロとの戦いのきっかけとなった歴史的事件をまたも海外で知った。

ブッシュ大統領は十月一八日上海で行われたAPEC首脳会談で中国の指導者・鄧小平氏と親密な会談をしている。その後の世界情勢と歴史を見ると彼らの思惑が感じられる。

歴史は語る。

その後の世界で悲惨な現実に遭遇するのは何も知らない「大衆」である。ともあれ、彼らは「黒い九月」・「アルカイダ」共にイスラム諸国・パレスチナを拠点にするイスラム教過激テロ組織であり、その後半世紀以上経つ今も、中東諸国、パレスチナで出口の見えない紛争が続いている。ここでも一番被害を受けるのが一般市民であることには変わらない。戦う双方は共に「正義」を叫んでいる。割れた真理を映す鏡・大衆の反逆。「大衆は自分と違う者との共存は願っていない。自分でないものを死ぬほど憎んでいるのだ」。この言葉を思い出す。お互いわずかな「時間」を、変わらぬ太陽の光を浴びて日々の「生活」として営む。人類が自分でないものと共に「生活」することに、誰が、何が、憎しみを植え付けるのか。答えはそこに見えている。

「完全な真理を映す鏡」は奪い合うものではなく、自分でないものとの「共生」する変わりない日々の「生活」の中にある。

幸福の科学大川総裁死去

一九八六年に、すべての宗教を統合する仏教系新宗教として設立された教団だという。

東京大学法学部を卒業、大手商社在職の傍ら、宗教理論書を出版する過程で、入会する会員が増え宗教団体へと発展した。

その後も海外を含め、多数の書籍と講演会を通して信者が増えた。

「仏法真理」を教義として、地上のユートピア建設をめざしている。

修行の実践について「仏法真理・愛・知・反省・発展・探求・学習・伝道」などを提唱する。

その昔語り合った「はにたな」仲間の真髄である「いつも反省し忍耐強く　真理を探求する仲間」と共通するように思えた。仲間の中に東京大学進学組がいたなら、幸福の科学より二十年前に、よく似た活動に発展していたかもと、ふと過ぎった。

「はにたな」仲間の間では、ユートピアという言葉もよく飛び交っていたが、それは当時文豪、武者小路実篤が自身の理想をもとに、一九一八年に設立した、ユートピア共同体「新しき村」であり、懐かしい言葉である。

あの村が創設されて百年くらいになろうか。

自分たちは一度も訪れたことはなかったが、今も理想郷で「生活」する村人たちがいらっしゃるようならぜひお会いしたい。

あなたたちの「生活」文化が、アウフヘーベンして、人類の「生活」文化ユートピア共同体と同化することになるかもしれないとワクワクしてきた。これは決して宗教の概念であってはならないし、「割れた真理の鏡」であってはならない。

二〇二三年の年賀状

毎年、私の年賀状はこんな語調で、ハガキの裏一面に書き綴られています。時には、取引先、先輩や上司そして友人、知合いの多くに宛てた三〇〇通くらいであったかと。仙人生活に入ってからは、届く年賀に対して元日に書き出す。今年は五三枚だった。今宵の終わりは、二〇二三年元日に皆様に送った今年の年賀で締めよう。

明けましておめでとうございます

「自立した日本国民に」そして再興への道

大局

西暦二〇二三年はキリスト教歴である。キリスト教もイスラム教も、「利子」の禁止を教義としている。人にお金を貸して「利子」をとると、地獄に落ちると教義にある。そんな社会から資本主義が生まれ、利潤の追求（利子の最大化）がグローバルスタンダードとなった。歴史の転換をもたらすとされる感染症の蔓延や、核使用の危機をはらむウクライナ戦争、地球温暖化対策とエネルギー政策、人口問題と食糧危機・・・

人類に「程ほどの社会生活、衣食住足りて礼節を知る」、そんな社会が地球の隅々に行き渡ることを祈ります。いつの時代も何が悪さをしているのでしょうか。どうせその元凶も「人間としては、束の間の時間の消費で無に帰すことを」何も宗教に頼らずとも知ることでしょう。国民が知った炙り出された新興宗教の実態、エネルギー政策の転換、自国防衛の再興、未来を見据えた国民に・・・

令和五年一月一日
皇紀二六八三年
西暦二〇二三年

無駄は文化のバロメータ

秋の農作業も無事終わり、ホッとしている。

今年は特異な気候に見舞われたと、ニュースで報じている。

高温が続き、稲の生育に影響が出たとのこと。地元の農協からの資料では、我が家にはさほどの影響は出なかったようだ。努力が結果に表れたと自分を誉めたい。

十二月に入り、図書館通いの時間も出てきた。本原稿も読み直している。出村教授に見て頂いて校正されたところもあり、パソコンの前に原稿を広げている。

「文化は憧れ」

少々長くなりますが「文化」について世界大百科事典から引用させていただこう。

ところで、今開いている平凡社発行の世界大百科事典は、働いて買った最初の本で、もう半世紀以上前のものである。この後、エンサイクロペディア・アメリカーナ、小学館の日本語大辞典、筑摩書房の世界文学全集、新潮社の日本文学全集等々と今でも壁の本棚に二百冊以上ずらりと飾ってある。

「ぶんか、文化という言葉のさまざまの使い方のなかで、現代の社会学、特に人類学においては、これを人間の生活の仕方のうち、学習によってその社会から習得したいっさいの部分の総称とする定義が、最近半世紀あまりの間に明確にされ、この意味の文化の概念を発見したことが、二十世紀における人類学の最大の業績であるとさえ称されるようになった」

二〇一一年三月一一日東北を襲った地震と原子力発電所事故は、くしくも十二年前の明日発生したのだ。（本文は、二〇二三年三月十日に書いている）国が費やした費用三十二兆円、国民一人当たり二十五万円になる。関連経費を含めると、その額はもっと増えるだろう。原子炉災害関係費用は二十一兆ぐらい別枠とか。「無駄は文化のバロメータ」と、パロディーそのもので表している。未曾有の震災で、被害を被られた方々には怒られもしようが、災害復旧は現状回復が原則の基本方針下で、復旧はパロディーだ。

話を私事に戻す。

この前年、以前出資していた会社から、出資金五百万円を返還された。使う当てもなかったので、東電と関電の株を購入した。

当時配当金も安定しており、資産株でもあった。ところが一回目の配当が確定する前にこの惨事で、株価は大暴落、ここが買い目と、すぐさま再投資したものの、見るも無残な結果が待っていた。これはパロディーではない。その四月に損切り・切腹した。もう一件はまさに資本主義文化の一方の雄、土地不動産に係る「無駄の文化」に遭遇した話だ。

まさに「無駄は文化のバロメータ」日本の心・武士道精神にも比喩される桜文化、資本主義の暴落文化を、身をもって味わった。それは事業の拠点にしようと一千万円で購入した老舗の金物屋の店舗併用住宅だった。

十五年ぐらい前に競売で買ったものの、建物の元の所有者であり住人である金物店

無駄は文化のバロメータ

を営むおばあさんに、何とか続けさせてくれと懇願され、予定していた活用計画を断念して、急遽賃貸契約に変更した。おばあさんの支払い能力から、固定資産税相当額での賃貸契約で北銀の口座番号を教えてもらい、振込手続きも完了した。家賃の振り込みは最初の一回切り、福祉事業が続く。

我が家の米が美味しいと注文がある。

ペンチ等金物の買い物は割引率を上げてもらっての現金支払。そんなおばあさんも亡くなり、子供たちから「負動産」の早期処分を言い渡され、昨年、購入価格の十分の一で新規活用者へ譲渡した。これも「無駄は文化のバロメータ」だろうか。

文化の意味を日本大百科事典辞典から引用したので、「文明」についても引用しよう。

「ぶんめい、文教が盛んで人知が明らかになり、精神的・物質的に生活が快適であること。また人間の内面的な精神活動によって形成された科学、宗教、芸術などの精神文化に対して、人間の外面的な生活条件や秩序についての物質文化を指す。たとえば、技術、法制、経済の類」

難解である。

改めて広辞苑から「文化」の説明を引用しよう。

「ぶんか、文化（CULTURE）人間が自然に手を加えて形成してきた物心両面の成果、衣食住をはじめ科学・技術・学問・芸術・道徳・宗教・政治など生活形成の様式と内容とを含む。文明とほぼ同義に用いられることが多いが、西洋では人間の精神的生活にかかわるものを文化と呼び、技術的発展のニュアンスが強い文明と区別する」。

濁流は実りを待つ水田にも

二〇〇六年（平成二〇年）七月二八日未明は昨夜来続く異常な豪雨で迎えた。雨足の少し収まった薄明りの外を二階の窓越しに望むと、下段を流れる太谷川に架かる橋を乗り越える濁流で両岸の手摺頭部がわずかに見える光景が目前にあり唖然とする。

北陸地方を襲った「七月二十八日豪雨」の状況である。川沿いの被害宅への復旧作業は私も参加する地区住民やボランティアセンター派遣の方々で数日続いた。屋内や側溝、庭などのヘドロの掻き出しに始まり、家財の運び出しを行う。

一息ついて改めて見た川沿いにある多くの田は流木と土石に埋め尽くされていた。あと一か月ほどで収穫を迎える早生品種のテンタカクはわずかに穂先を青空に見せていた。

この品種は早く新米を食べたいというお客さんの声で今年初めて作付けしたものであった。

一か月後、一番下の娘が珍しく稲刈りの手伝いをかってくれ、嬉しかった。早生のテンタカクは実りの穂を垂れていた。土砂に埋まっているが何とか手刈りで収穫できそうなので流木などを避けて手刈りをすることにした。近くにコンバインを寄せて脱穀した。実った穂先の中に砂が混じっていたがそれでも二反近くの収穫で二〇袋の籾を収穫できた。籾摺りで玄米にしようとしたが砂は籾摺り機に負担が多いので籾のまま保管することにした。

娘との共同作業はとても、とても嬉しかった。

暫くして娘から跡取りしてくれるという彼氏を紹介された。

結納が終わり、富山市にある結婚式場で多くの方々に祝福されゴールインしたのは翌年の事である。

八〇歳を超えた私の母も一番下の孫の結婚式に喜んで列席してくれた。

式場で出された料理も美味しいと完食、新郎新婦と二人の娘に囲まれた最上の笑みを浮かべた写真が、二か月後の遺影になろうとは、人生の悲喜交々が一度に来たようだ。

母は末期の胃癌で手術もならず、病院では食も細くなり点滴が続き九月十四日未明みんなが見守る中「ありがとう」の言葉を残して永眠した。本当に「ありがとう」と言えた母は先に待っている私の父と再会して久しぶりの団欒に、何を語っているのだろうか。

ところで、娘と収穫したお米二〇袋は納屋の一角で囲いの箱の中に保管され続け、幸せな役割を果たしている。冬の積雪が続くと周りは白一色に覆われてスズメたちが食べ物を見つけるには最悪の自然条件だ。

ところが我が家の周りにはあのテンタカクが籾のまま雪の上に蒔かれている。おかげでスズメが百羽近く木立や電線に集まってスズメのお宿になる。毎年、雪が降って食べるものが少なくなると、スズメたちがやってくるようになった。

雪が解ければスズメたちは稲の害虫を食べてくれ恩返ししてくる。

娘と収穫した「お米」にまつわるほっこりとしたお話も「無駄は文化のバロメータ」の一話だ。

生活

一人一人の生活の中には物語がある。
私もあなたにも「生活」の中に存在があり、それらの合成体が夫婦・家庭・地域・地方・国家・等の共同体として物語を創造してきた。

「衣食住足りて礼節を知る」

食料自給率一〇〇パーセントの農業国家を目指した食料、農業政策を目指そう。国は、国民に衣食住を保証する機関として機能すべきである。飢えは人類にとって最大の脅威だ。
人類はこの飢えから逃れるために、文明を開化させてきた。日本は縄文から弥生時代にかけて、稲作を中心にした国造りを完成させた。

瑞穂の国と称され、天皇はその象徴として祭事を執り行い、人々へ稲作に係る時々の作業事を示してきたのではあるまいか。

日々人々の生活を支えるお米の生産は、国家の要であったはずではなかったのか。

黄金の国ジパング

マルコポーロは「黄金の国ジパング」を目指した。

江戸時代末まで、日本は世界に誇る、金の産出国であったそうだ。日本国内の金の保有量は膨大で、為替差は銀の価値が大きく、欧米の国々が「黄金の国ジパング」と呼ぶに相応しい、海に浮かぶ理想郷と思えたのだろう。

幕末、金と銀との為替差で大量の金が国内から流出し、至って近代化を急ぐ大日本帝国は、この不平等条約解消に躍起となった。

日本国草創の物語。イザナギとイザナミの二神は、混沌とした地上をかき混ぜた矛からのしずくで、国を創成したとされる。

千夜一夜物語は、二〇三〇年を待たずに日本を、「食糧・資源・エネルギー」が満ち溢れる国家にする手順書に係るお話から始めるよう、準備が完了している。決して夢物語ではない。

いよいよ始まる農作業に、体が引き締まります。やがて迎える実りの秋、そして来る冬には又、お話しさせてください。

ではそれまで。

ごきげんよう。

大衆の反逆

国家や民族を巻き込んだ愚かな争いは、今も止むことはない。その国家や民族を支えるのは一般大衆である事実。その最大の犠牲者も大衆である。

オルテガ・イ・ガセット著

『大衆の反逆』は、その「八」で「大衆はなぜ、しかも暴力的に首を突っ込むのか」の最後に「ほとんどすべての国々において同質の大衆が、社会的権力の上に重くのしかかり、すべての反対集団を踏みにじり、無きものにしている。…自分と違う者との共存は願っていない。自分でないものを死ぬほど憎んでいるのだ。」

私は無神論者なのか

朝一番に神棚に向かい、祝詞を唱え柏手を打つ
次いで仏壇へ、日課の正信偈を唱える。

「人身受け難し、今已に受く。・・・・・帰命無量寿如来　南無不可思議光・・・・・・」

妻と子供たち家族の健康と無事を願い、亡き父母、先祖に「今日一日宜しくお願い致します」と挨拶する。

この行いは母が亡くなって以来の習慣になっている。家は代々浄土真宗であるが、自身はどちらかといえば無神論者であると思っている。

毎日行っている身体のトレーニング同様、心のトレーニングとしての日課である。

どうする日本

最後に、ぜひとも世に問わなければならないことを記したい。

一、政治の劣化、土下座してお願いするような候補者ばかり。確固たる国家運営ポリシーを持たない国会議員。小選挙区制度が国会議員の劣化を招いた。

二、日本国民の数パーセントの富裕層が、九割の資産を持ついびつな社会になった。中間層が半数を占めることが、日本型自由で民主的な活力ある安定した社会を造ることになる。

三、教育者を労働者にしてしまった大きな過ち。未来を築く子供たちを教え導く先生を労働者にしてしまった日本の教育行政の大失態が、日本人の民意劣化に与えている現状は最悪である。人を教え導く基本を真剣に考える国民運動を展開しよう。尊敬される教育者が育む人材国家の建設は急務である。

四、海外に天然資源を依存する国家の大転換はそこにある。国土を深海に囲まれた日本はレアアースやメタンハイドレートをはじめとする無尽蔵の資源に囲まれている。また核融合は無尽蔵のエネルギーを供給する。国家を挙げての開発に早急に取り組もう。

五、日本国民の食糧は出来るだけ自国で賄える食糧自給率の向上を図ろう。国策による輸入食料は非常時の食料確保を保証するものではないと認識すべきである。八十億人を超える世界の人口を賄える食料生産力には限界がある。日本には自国で食料を増産できる余力が十分にある。農業生産人口が急減している現状に危機感を持ち、適切な食料生産計画を早急に確立すべきである。

以上を日本国が早急に取り組むべき緊急課題として提言する。

飢餓に備えよう

日本は瑞穂の国と言いながら、お米を主食とした国民の食文化を戦後ないがしろにしてきたのではあるまいか。

終戦後の食糧難時代に、ＧＨＱの政策で脱脂粉乳とコッペパンの給食で飢えをしのいだ幼年期を過ごした団塊世代は、その子供たちの食文化にも大きな影響を及ぼしている。

それは日本の食卓にパンと牛乳に象徴されるアメリカナイズが浸透してしまった。それに加え、カップヌードルに象徴されたインスタント食品も、麦を原料とした食文化を定着させた。

これはアメリカの大農場が主流の農業大国の思惑に完全に征服された日本農業ではあるまいか。日本農業を主導してきた食管制度は当の昔に消滅し、日本国民の胃袋を賄ってきた米を主体とした農家を窮地に貶めた減反政策が推し進められてきた。

二〇二〇年度の食料自給率が三七％（カロリーベース）となり、これは不測の事態が起これば国民を戦後の様な飢餓に貶めることになる。ましてや生活困窮者にとっては火急の事態、平時からの備えが求められる。

先日、全国民生委員児童委員連合会の得能会長と自宅でお会いした時、米農家の窮状と生活困窮所帯の実情が話題になった。

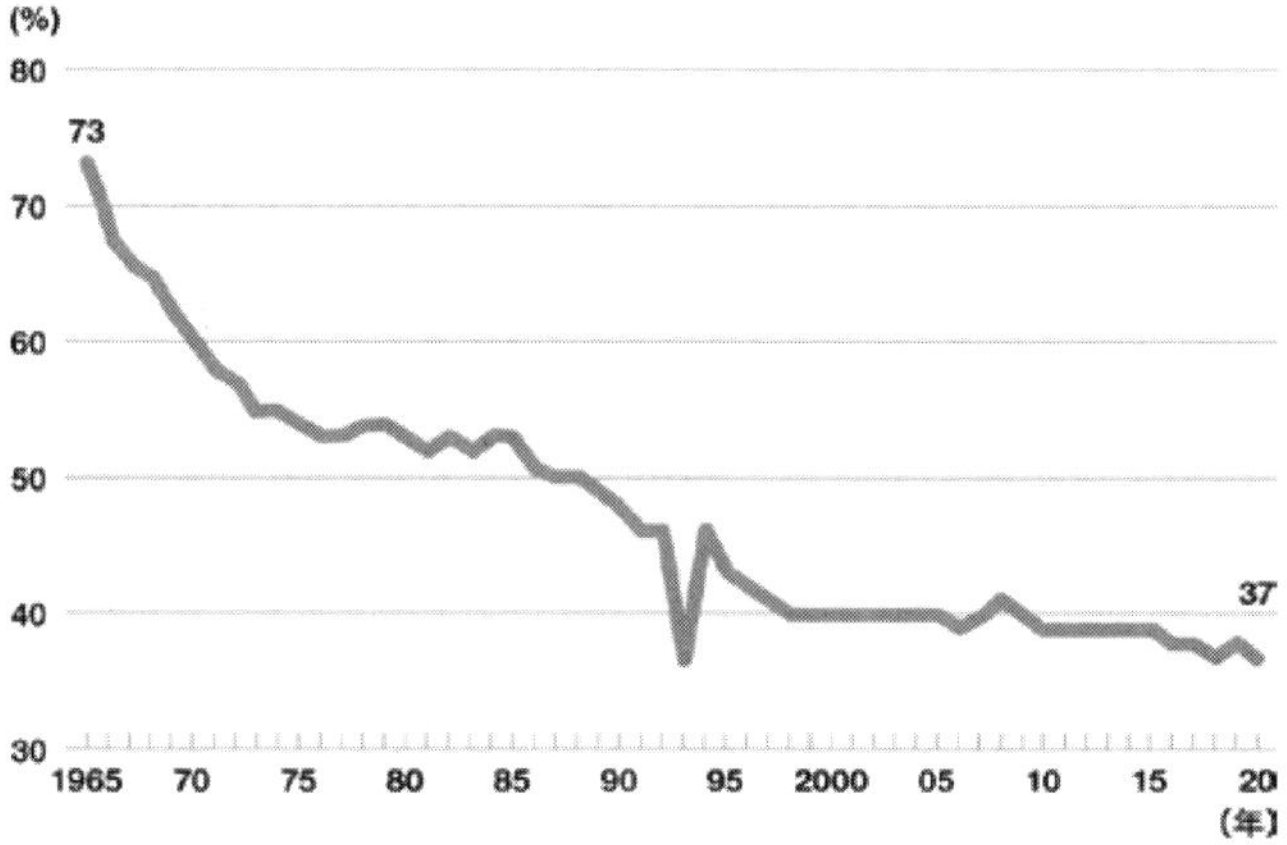

食料自給率推移（カロリーベース）

今年のコメ生産者に対して作付け計画が示された。相変わらず今年も米の作付けを三割減らす目標が示された。

主食用米需要の減少傾向が止まらないのである。

お米一人当たりの消費量は一九六二年度の一一八キロから二〇二二年度は五一キロまでに減少している。政府は米飯学校給食の推進・定着や輸出の促進を進めているが一向に米需要は伸びていない。一度定着した食文化はおいそれとは変わらないのだろうか。

そこで二人から出た妙案を次にあげる。

全国には一六四万所帯、約二〇〇万人の生活保護受給者の方が日々の衣食住に困っており毎月十二万円位のお金を支給されている。

その食費の一部をお米で支給することになれば直接お米の消費に

つながる。この施策で消費される米の消費量は一〇万トンになり、今年度のコメ余りは優に解消される。

食料供給が非常時になってもの生活困窮者のセーフティーネットは守られよう。そんな身近なところから米の消費拡大になれば、コメ生産者にとってもうれしい限りである。

ゆでガエル日本国民

貧しくなった日本国民は「アベノミクス」、「二パーセントのインフレ目標でデフレの脱却」に、深く考えもせず希望を託した大衆。国家政策は目先の我田引水型俗人による利益導入で食いつぶされ、ゾンビ化した企業、行政組織は「ゆでガエル日本国民」を蔓延させてしまった。

現状をイチイチ取り上げるまでもなく、端的に一ドル百五十円の為替レートが、世界の日本評価である。

小悪党の足の引っ張り合いが横行する、先の見えない不幸な日本国民に成り下がってしまった。

このままでは食料自給率四十パーセントを大きく下回った日本国は、国民を本当に飢えさせる現実が迫っているようで戦慄が走る。

戦後、日々の食事にも事欠くどん底の日本を、「財閥解体、農地解放」で人々の生活実態から、多数の中間層が育成され、平和で自由で民主的な安定した活気ある祖国日本を謳歌できたのではあるまいか。

ぜひとも先の五項目を国家目標に、日本国を再興させよう。

今から、ほんの百五十五年前、西欧列国やアメリカが、アジア、アフリカ、中南米等の諸民族を植民地支配下に置き覇権を競い合う情勢下、アジアの小国である日本が、なぜ侵略から免れ、瞬く間に列国と肩を並べることが可能だったのか歴史に学ぼう。

先の大東亜戦争は敗戦で、祖国の危機をむかえたが、目指した「日本がアジア諸国を解放する」主眼は達成され、今日、アジア地域の繁栄の基を造ったのだ。

昔から「負けるが勝ち」の諺がある。結果として、日本民族は、アメリカや西欧列国の植民地争奪戦から、世界を救った英雄と歴史に刻まれるだろう。

江戸時代から明治維新を成し遂げた日本人の背景を思うに、士農工商の身分制度にあっても、人々の向学心が、いたるところで、自発的に優れた「師・先生」を求め、学びを乞う「場」である、寺子屋、藩校、私塾等で湧いていたのではないだろうか。

「師・先生」には世の中をより良く進める力がある。

だから、教える人は聖職と呼ばれるべきは、当然である。

明治の偉人「渋沢栄一」も、ＮＨＫ大河ドラマ「晴天を衝け」を見て、身分にかかわらずに、尊敬する「師・先生」を求め、めぐり逢い、学びながら志を成し遂げてゆく姿が印象的であった。維新を成し遂げる同時期の志士と呼ばれる人々もそうであった。

明治維新を築いた幾多の先人の中で「日本資本主義の父」と尊敬される渋沢栄一翁なら、現下の日本を何とされようか。

二〇二三年一二月三〇日

今年も比叡山に新大正糯を

ＦＮＴの会員に田中さんがいた。

彼は全国の霊山巡りで己を鍛えていた。

そんな彼が天台宗の僧侶で比叡山・千日回峰を二度満行した酒井雄哉（さかい　ゆうさい）阿闍梨と出会った。

桓武天皇の支援を受けた最澄が比叡山で天台宗を開宗し、延暦寺を建立した縁起で三月一七日に比叡山に於いて桓武天皇の法要が執り行われることを酒井阿闍梨から知らされた。

ＦＮＴ一行は酒とお米を持って法要参拝に望んだがその場は天台座主を首座に錚々たる陣容、とてもその場に加われる雰囲気でなかった。

持参した供物を受け取ったのが天台座主の手配をしている今井さ

んと金沢の医王山寺住職で比叡山執行、即真（つくま）さんだった。
この供物に地元「成政酒造」の最高酒「医王山」が即真さんの目に留まった。即真さんのおじいさんの代から天台密教の霊山として医王山の峯を縦走し、山頂にこもって修行した、その「医王山」であった。このことが座主にも伝えられ、我々一行は法要の直会にも手厚くもてなしされた。

その時高僧から天台宗では「続けることが大事とある」と教えられた。それから三〇年有余、新米が採れた暮れには「医王山」のお酒と「新大正糯」のお米を欠かさず奉納している。田中さんが米作りできなくなってからは、自分が丹精込めて作った新大正糯が比叡山のお鏡になっている。

そろそろ夜明けです

そろそろ夜明けの気配がします。

お話を閉じる前にダイジェスト版です。


幼い時の戒めの言葉「素直になりなさい」

小学校の図書室は「無限の言葉の宝石箱」

中学校では「はにたな」との出会い。

「いつも反省し、忍耐強く真理を探究する仲間」

高校の弁論大会で、みんなの前で最後に締めくくった言葉「生活」

その重み。

　社会に出てから知った「人類共通な平和で安全な理想社会」が実現出来ない本当の理由「大衆」はあなた自身、誰もが「エリート」

にも「凡人」にもなれる。

そしてひとり一人「ゆでガエル」となっていることに気づき、日本国民の気概を取り戻しましょう。

エピローグ

なんと言うことか、まさか二日後にこんなことが起こるとは。

令和六年一月一日に新年の年賀状を書き始めた時である（正月一日に年賀状をしたためることは長年の慣例となっている）

明けましておめでとうございます。

今年も元旦恒例となりました天台宗医王山寺に参詣しました。

昨年二月に書き始めました人生エッセイの第二部「阿保が書いた千夜一夜物語」は二十話を終えて十二月三十日に脱稿、今年発行の目途が立ちました。・・・・・・

ここまで書き出した時、突然携帯電話が「緊急地震速報」を知らせる。「十六時十分石川県で地震発生」、テレビニュースは緊急地震速報に切り替わる。能登半島で震度七を超える地震発生、日本海側に大きな津波が迫っている。自宅も震度五の大きな揺れが襲う。こんな揺れは初めてである。正月で家に来ていた子供や孫は揺れに怯えている。

被害に遭われた方、関係者の方々にお見舞い申し上げます。大災害で迎えた新年、日本人はこんな時にこそ一人ひとりの底力で、地域と日本の再生に尽力できると確信します。

皆様のご健康とご多幸をお祈り申し上げます。

二〇二四年一月一日

出版にあたって

今日もお風呂に入ることが出来ました。これを書き始めてからまる一年になります。その間出来るだけ欠かさず三百六十回は自宅の風呂に入浴しています。

人類のみが過去の歩みを知り、歴史として認識できます。しかし人類がいかに進化しようが一秒たりとも前に遡ることはできません。今の判断が歴史の全てを決します。歴史の修正はできないのです。そんな気持ちで綴ったエッセイは、皆様の心にどう響きましたでしょうか。

査読も終わりいよいよ製本に入ります。農作業も順調に進んでおります。昨日五ヘクタール最後の田植えも完了しました。これからは雑草との折り合いです。

片付けが苦手のおかげで残っていた資料も多く、それらをつなぎ合わせてなんとか原稿になりましたが、本と言える形にするにあたっては、桂書房編集部の堀宗夫氏のご助言と、大阪教育大学の渡邊昭子元教授のご指導の賜物と、この場を借りて深い感謝を申し述べたい。

二〇二四年五月二〇日

冊子の発行を地元任意団体「医王村」及び「福光ネイティブトラスト」からとします。

医王に生えた男の物語

「割れた真理の鏡」

岸澤良一（きしざわよしかず）
著者の略歴
1947年富山県南砺市才川七に生まれる。
2001年ＮＴＴ退社
現在　認定農家

2024年7月1日　初版発行
定価　1800円＋税

著者　岸澤良一
編集　Casa 小院瀬見 桂書房編集部
発行者　勝山 敏一
発行所　桂書房
〒930-0103　富山市北代3683-11
電話　076-434-4600
FAX　076-434-4617
印　刷　モリモト印刷株式会社

ISBN　978-4-86627-151-4

地方・小出版流通センター扱い